U0492485

阅读即行动

李斯佩克朵时刻

L'heure de Clarice Lispector

[法]埃莱娜·西苏 著
郁梦非 译

图书在版编目(CIP)数据

李斯佩克朵时刻 / (法) 埃莱娜 · 西苏著 ; 郁梦非译. — 北京 : 北京联合出版公司, 2025. 9(2025. 9 重印). — ISBN978 - 7 - 5596 - 8531 - 5

Ⅰ. I565. 45

中国国家版本馆 CIP 数据核字第 20255YR289 号

李斯佩克朵时刻

作　　者: [法] 埃莱娜 · 西苏
译　　者: 郁梦非
出 品 人: 赵红仕
出版统筹: 杨全强　杨芳州
责任编辑: 龚　将
特约编辑: 金子淇
装帧设计: 刘苇伶　刘苇俐 @out. o studio

北京联合出版公司出版
(北京市西城区德外大街 83 号楼 9 层　100088)
北京联合天畅文化传播公司发行
北京启航东方印刷有限公司印刷　新华书店经销
字数 73 千字　889 毫米×1194 毫米　1/32　5. 25 印张
2025 年 9 月第 1 版　2025 年 9 月第 2 次印刷
ISBN 978 - 7 - 5596 - 8531 - 5
定价:42. 00 元

目录

生如橙子

有一些女人，我不愿谈论，不愿在谈论时远离，不愿在谈论时使用那些远离事物的话语，不愿话语的脚步声覆盖事物的脉动，不愿话语落在事物上，冻结它们轻微的颤抖，令它们不和谐，使它们喑哑；我害怕话语在它们的声音上跌落。我会喜欢一种声音。我是一个女人——迷恋声音——没有什么比一种声音的亲密碰触更加强力，它低哑、深邃，却又谨慎，唤醒我的血；一种声音，它的第一道光遇上新生的心。我的心从属于一种在闪耀的黑暗中雕琢出来的声音，一种无限柔软的、谨慎的声音。

有一些女人，我不能用脱口而出的词语对外部谈论她们，那会发出噪声。要用爱，为了她们声音中极致的敏感。要用尊重，为了亲密中的细腻。她们谈得很深，很密，声音轻轻地绕到事物背后，将事物提起，轻轻地浸没，把词语拿在手里，将它们无限灵巧地放置在事物近旁，呼唤它们，轻晃它们，不拉扯，不催促。有一些女人说话，为的是提醒、拯救，而非责备，她们的声音几乎隐形，仔细且精确，如灵巧的手指，迅捷如鸟喙，然而，不为捕捉和言说，她们的声音只是待在事物近旁，宛如它们发光的影子，映照和保护这些始终如新生儿一样脆弱的事物。有一些女人，她们的声音低沉如一道火焰，几乎无言，却更切近事物的秘密，声音低至地面，俯卧着，用手触碰土地幽微的颤动，聆听大地的音乐，大地与万物的协奏，这些女人的声音会记录生命里那些微不足道的开端。如果她们写作，便是为了用最细腻的照料去关怀生命的诞生。她们让我知道，温柔是一门学问。她们的写作是化为双手的声音，能极其轻柔地与我们的灵魂相遇，当我们寻找时，我们已经有了需求，启程去寻找我们存在中最隐秘的东西。因为一个女人的声音唤醒了我们的心。

一个女人的声音从邈远处传来，像一种故乡的声音，它为我带来我曾经拥有的知识，一些隐秘的，既天真又深奥的，既古老又新鲜的知识，如同重新捡回的小苍兰的那种黄色与紫色，这声音我不曾听过，它于一九七八年十月十二日[①]来到我身边，这声音不是找我的，它不写给任何人，它写给所有的女人，写给写作，用一种陌生的语言，我不讲这种语言，但我的心明白它，那沉默的话语在我生命的每一条血管里被转译成疯狂的血液，欢乐的血液(sang-joie)。

一种写作踩着天使的脚步到来——那时我离自己如此遥远，独自待在我那有限存在的尽头，我的写作生命因强烈的孤独而感到痛苦，寄出许多封越来越悲伤的没有地址的信："我在书籍的沙漠里游荡十年，没有遇到任何回应。"越来越短的信："朋友在哪儿呢？"越来越禁忌的信："诗在哪儿？""真理呢？"几乎无法认读的无主题的恐惧之信："怀疑，冷漠；盲目？"我怕我的写作生命会疯掉；我不敢再倾听自己，我怕我的自我供认出，它就是我

① 这是作者埃莱娜·西苏第一次读到李斯佩克朵的作品的日期。

这份疯狂的回音；怕发现它根本不现代、不合宜、不可循环，发狂似的索求不可能之事；怕在我们尸体堆一般的时日里渴望迎来年轻的歌谣，它们如此无私、丰沛、开放，如此宽广，毫无防备，就如同赞美诗时代的歌谣，可是那种歌谣不再来到我们的国度，这里所有的语言[①]都变窄了，这里不再栖居能使它们壮大的灵魂，我感到有罪，因为我把写作置于现实旁边——忙于寻找同龄的写作，源于人的写作，通过它来召唤那些仍有词语生活在事物近旁、聆听事物呼吸的语言：我的写作因天真、傲慢而有罪，因无辜而有罪，我独自承担这所有的罪；有时我审判它，有时我给自己定罪，我判它无罪，我为它正名。就这样，我抨击自己，我自辩，我抨击它。有时我指责自己进行宗教式的写作——

一种写作来临，在黑暗中露出发光的双手，那时我不再敢自救，我的写作深陷在纯粹的孤独中，紧靠在枯竭的基立溪旁，没有雨水，没有晨露，不停地求自己宽恕，我宽恕它，请求它宽恕我，没有

---

① 在法语中，表示语言的词 langue 同时也表示舌头。这种双重含义适用于整篇文章，下文中不再特意指出。

食物，没有乌鸦[①]。我不再说话，我害怕自己的声音，我害怕鸟类的声音，以及所有那些“向外部看”的呼唤，没有什么外部，外部只有空无。声音寂灭了——一种写作找到了我，当我找不到我自己。那不只是“一种写作”，那种伟大的写作、过去的写作，陆地的、植物的写作，在那个时代，大地是至高的母亲，仁慈的女主人，我们在她的国度里进入成长的学校。她带给我渴望，渴望不再逃避那个用干燥的沉默、沉闷无力的沉默灌满我喉咙的问题，那时我迷失了，连我自己也找不回自己，我的灵魂躲入避难所深处，它彻彻底底地绝望，连音乐也触及不到它，浪漫曲也同样失败，那里几乎没有空气，音乐消亡了，短诗发黄了，音乐走了，不回来，音乐死了，莫扎特也哑了，莫扎特的名字不再能让石头渗出泪水，因为音乐是一种信仰，而在这样一场由无可否认的厄运所造成的放逐里，是没有信仰的，几乎没留下任何东西，无法供一个并不宽广、没有记忆、缺乏迫切感、仅一颗眼泪大小的

① 圣经故事中，以色列先知以利亚曾在基立溪旁躲避愤怒的亚哈王，他饮用溪水，吃乌鸦的食物。

灵魂来喘息。我曾想成为的那个女人只留下了最后一颗眼泪：我交出这颗眼泪以回应关于恩典的问题，我将这个问题转过来针对我的写作：“你和女人们有什么共同点？你的手甚至不再能发现一只附近的、耐心的、可能的、静静躺在果盘里的橙子？”沉默着，我避开了橙子，我的写作避开了橙子隐秘的声音，我远离了羞耻，这羞耻源于我无法收下这水果从容展露的祝福，因为我的手过于孤独了，在这样的孤独中，我的手不再有力量相信橙子，我体会着我独有的羞耻和失落，我的手失去了善意，因此不再能认出橙子的善意、这种水果的完满，我的写作与橙子分离了，不写橙子，不走向它，不呼唤它，不把它的汁水带至我的唇边。

从很远的地方，从我故事的外部，一个声音到来，盛住最后一滴眼泪。拯救橙子。声音把单词放在我耳边。在我的胸中，简直有一个橙子的仙子苏醒过来，在心池里水灵灵地现身。某些声音拥有这种能力，对此我始终确信。它把橙子放回我的写作的那双干涸的手里，用它橙色的音调擦亮我的写作的眼睛，那双眼睛曾经干涩，蒙上了纸的阴翳。那是一种童年，奔回来拿起这只鲜活的橙子并立即为它庆祝。因为我们的童年天然就知晓橙子。最初，在橙子和小女孩之间便存在一种亲密性，几乎是亲缘性，交换彼此最本质的秘密。橙子始终年轻。橙子的力量蔓延至我身体的每一寸末梢。橙子是最近的星星。我用一生思考它，我用全部的思考去抵达它，安宁在我的手中。我看见了一个世界，它回应着关于我之存在的种种问题，它是金灿灿的红，是呈现此刻与明天的光球，是自绿夜中降临的红昼。

我问："我和女人们有什么共同点？"一个来自巴西的声音把丢失的橙子还给了我。"前往起源的必要性。忘记源头的轻易性。被一个前往起源的潮湿的声音拯救的可能性。在故乡的声音里更进一步的必要性。"

向所有女人——她们的声音就像来与我们灵魂相遇的手，在我们找寻秘密的时候，在我们亟须启程寻找关于我们之存在的最重要的秘密的时候——我献上橙子这一天资。向所有女人——她们的手就像在夜里与事物相遇的声音，那些声音将词语伸向事物的方向，如同无比谨慎的手指，它们不捕捉，只是吸引，使事物过来——我献上橙子这一存在，就像一个女人将它送给我，根据事物完整且无限的附属物——包括天空和大地，包括每个橙子在生命中维持、流通的所有感官联系，包括生命，死亡，女人，形式，体积，运动，物质，变形的途径，隐形的连接，在水果和身体之间，香味的命运，灾难的理论，一个女人从一只被给予的橙子里能够培育出的全部的思想；包括它所有的名字，不发音的名字，放在我几乎洁白的纸上，同样也是专属于它的名字，正如“上帝”之于上帝；它的姓氏；它娘家的姓氏；独特的、唯一的名字，与深绿色的气体分离，就在这片气体中，克拉丽丝的声音从所有的橙子中摘取了一只，把它放到那张为它准备的文本的网上，使它年轻、安全，她把这一只橙子叫作“laranja①”。

这几乎是一个年轻女孩。这是一只被寻回的橙子。透过词语细腻的皮肤，我闻出它是一只血橙。从网中轻微的颤动里，我感觉出克拉丽丝闭上了眼睛，以便更好地触摸橙子，更轻巧地掌握它，让它在它的文本中拥有更自由的分量，她有意闭上眼睛，便能从更深处听到橙子的隐秘的歌曲。每个橙

① 这个词在葡萄牙语中指橙子。

子都是原初的。对所有把思考水果这一需求作为一项人生任务的女人，我献上多汁的冥想果实。那么，对所有的女人，我献上我的冥想的耳朵。

我这一对洞穴学者的耳朵。它们聆听诗歌的生长，那时诗歌还在地底，但它缓慢地在深处抗争，任自己变成外部的咒语，享受并痛苦于自己仅仅是物质的呼吸。对一些朋友来说，热爱这一瞬间是一种必要，拯救这一瞬间则是一件非常困难的事，而我们从未拥有过必需的时间，缓慢的、多血质的时间，它是这份爱的条件，多思的、宁静的、拥有持久下去的勇气的时间，向所有这些朋友，我献上三份礼物：缓慢，它是温柔的基础；一盘激情的果实，果肉在其内部展现的纤维可以媲美诗歌具有的种种风格；以及 spelaïon① 这个词，因为它自身就是一个充满声音的壶，一只中了魔法的耳朵，是持续演奏一首乐曲的乐器，是橙子的敞开的空间，深不见底。

橙子是一个瞬间。不忘记橙子是一件事。想起橙子是另一件事。加入橙子又是另一件事了。至少

① 在希腊语中是“洞穴”的意思。

需要三个时期，才能开始理解瞬间的无穷无尽。我已经在一只橙子周围生活了三天。

我才刚开始明白它的重要性。它承载的意义。三天里流逝了三个单薄的夜晚，白天的三次眨眼，每次红色闪光后眼皮的翕动。它的光芒。这瞬间的开端持续了七十二小时，不发生在橙子周围的七十二小时，肉体凡身的七十二页日记，我没有读过，没有收到。瞬间会呼吸，会加深，来了又去，靠近，等待，不停顿。不要分割。一个月是九岁的旅行者的一年。三道目光围绕一只橙子，从这里到巴西再去位于阿尔及利亚的源头。水果在没有时辰的时间里闪耀。时间的汁水根据需要而流淌。我潜到时辰之下生活，没有烦恼，没有预感，没有恐惧。我劳作。我学习在地下游泳。我创造一些语言。我修习橙子的课程。——电话响了。——那一刻，我正在内部的东方旅行。说实话，离世界的表皮相当远，却靠近核心，就在诗歌的巢穴旁边，我的耳朵因此疯了。

橙子是一个开始。以橙子为起点，一切旅行都是可能的。一切途经它的声音都是恰当的。

当电话响起，我活在瞬间之中，我在各处都拥有橙子，宁静的流淌的橙色的在我窗前的光线是我哲学上的喜悦，我是潮湿的，皮肤年轻、甜蜜，在水果的永远初生的光芒下，时辰保持安静，我把它留住，在一种持续而温柔的兴奋中，呼吸凝固，低音持续围绕巢穴，我活在何时，远离汽车、卡车、大炮，在源头附近，在高高的黄色阴影下，我住在何处，在那第一座花园里，被柔和的声音之林围绕——当电话声突然扑来？当我不因自己的不惊恐、不多疑、不愤怒而担心？远离城堡、坦克、凶手，仅仅装备了温柔。电话跺着脚，我以我神圣的近视眼看见了它在现实中本来的面目，那时它策马扬鞭，身佩白刃、盾牌、头盔、锁子甲，清一色的灰，吵闹如滑翔机。

走出瞬间的光明，回到灰色中，这是一项暴力的、奇怪的、缺乏艺术的练习，一项没有说明手册的义务。必须这么做。钻入两种遗忘之中，或者从一段记忆跳进另一段记忆，边界是模糊的。我改变环境：从双脚到血液都要改变。

电话发出几声尖叫。我一手抓住它：我把手伸出窗户，我把手放在它的脖子上，我没有忘记，我认出电话也是一个活物，于是我改换了时代。我依然用另一只手轻微地持有着橙子，仅仅用词语。在适宜的环境之外，橙子会变质，缩小，失去自身的美德、吸引力、集结力。我把橙子留在它的环境里，不干涉它。词语在手中，下降开始了。这时，我才发现起源之爱已把我带至何处。带到怎样一个气流不受控制的地区。词语是一个热气球：它的下降遵循它矛盾的本质，电话的全部重量与铁甲的全部重力根本无法对抗它那轻盈之力。我们飘浮。世界风暴鸣响。我必须放开橙子才能返回。从那瞬间到出口，我数了七十二小时。夜晚，我把电话重新拿到我平常的右耳的高度。在同一时刻，橙子和窗户消失了。剩下的不过是一个在书房里不自在的旅行者。

我们，迷恋起源的人，我们不害怕返回。在我们的遗忘中有一种记忆。电话呜咽。这是雷娜塔[①]的痛苦：

“那伊朗呢?”

一件事是不要忘记橙子。另一件事是在橙子里

---

① 雷娜塔（Renata）这个名字来自拉丁文单词 renatus，意为重生。

自救。但是，不忘记伊朗是另一回事。

“那伊朗呢？你在做什么？”

“我在学东西。”

“在东方逐渐腐烂的时候？在上百万个橙子被蒙住、被践踏、被投入完全现代的监狱里的时候？”

“我在起源处的学校，在内部的巴西，一个女人教授我缓慢。”

“那伊朗呢？你忘记它了？”

有一段时期，听事物在极其隐秘地脱离“无所是”（être-rien）时产生的颤动，我们的盲目总将它们搁置。有一段时期，任事物与冷漠战斗，全心全意地听。有一段时期，屈从于来自伊朗的某个令人心碎的呼喊。孤掌不能鸣。

“你在唱歌？”

“有罪。无罪。无罪释放。”我在行走。我在自由地、快乐地奔忙。循着一个女人的足迹，这个女人拥有强健的目光，能够让众生的真理自由地显现，每种独特的真理都有自己的方式，依照自己的尺度和节奏显现，这个女人拥有足够强大、足够聪慧的眼睛，因而不会减弱他人的光芒，这个女人在写作中足够勇敢，勇于在夺走她的整个存在的骇人的行动中前进，直至到达写作的真理，这是一种真正的疯狂，对真理的疯狂，向存在之起源靠近的激情，冒着远离故事（l'histoire）的风险。

我追寻一个身处危险中的女人，自由地，一个危险的女人。在写作的危险中，在彻底的写作中，正在写作中，直至危险。

我们将在前往源头的每一次旅行中遇到的所有危险：错误、虚假、死亡、徒劳、共同谋杀、盲目、不公、分心、伪善。我们会害怕，同时我们会寻找。因为我们害怕的最严重的危险就是忘记害怕。

（在什么样的情况下，一个女人可以毫不羞愧地说——我在经历了三天令人窒息的恐怖后，才得以在这个星期一写下——“对橙子的爱也是政治的”，要付什么样的代价？

这句话，如果说我终于把它讲了出来，在这个伊朗的日子里，我的灵魂混合着它的音节，如果说我任由它被发现，而我——这个没有付出代价的我——如此惧怕它，首先是因为它从那个英勇写作的女人那里来到我身边，那么亲密且可怕，如同一位天使：闪耀，超然。）

她越过了边界，在那里，自我只是自我，是对世界的思考，而世界只是世界，除了自我这个闪耀的例外。她付出了代价：她有可能付出光的代价，爱的代价。这种可能性也必须从了解代价、付清代价开始。

“可能性”是一个有所保留的词，它不评判。因为我不知道这种代价的力量究竟是何性质：纯真（innocente）的力量。

我并不是纯真的。纯真是一门崇高的学问。我才刚刚进入学徒期。然而，我站在纯真面前，正如一个年轻女孩面对一座闪烁着无数光点的森林，她焦灼地潜入其中，仍想要抚摸一片又一片树叶。也如同诗人，站在山前就像站在承诺好的诗歌面前，诗人因诗歌而疯，因诗歌而绝望，却依然谦卑地相信它在场的力量。

这里有纯真。这里有克拉丽丝的光芒，那么近，但难以接近和触摸。我并非对纯真无所察觉。它在近处的呢喃将我唤醒于早上五点，它的巨响的回声惊醒了我的夜晚。福祸相依。我确定纯真在此。

然而，我无疑过于确定自己的不足。我的纯真只出现在特定的、脆弱的时刻，我不知道如何将它守住、拯救和维持。一股纯真，来自某种外部的力量，它把我带走了，我在外面，我得救了，我不是任何人，我意外地脱离了我，这股能量是由陌生的弧的张力赋予我的，但我没有劳动，没有为这次旅行付出代价，最多不过是开始进行一些想象力练习。我知道目标，但我不了解路径。毫无疑问，我确实不够纯真，一旦我感到自己被带到那里，我便无法不因我的状态而自我指责。在纯真中的纯真之处，在最快乐之时，喜悦消失了，我重回痛苦、地面、怀疑。而且，是我自己在上方吹灭了喜悦。我不够谦逊，无法原谅自己的纯真。不够勇敢；不能承受纯真带来的可怕的快乐。我拥有沉重的、灰暗的、骇人的记忆。

她拥有两种勇气：去往源头的勇气——去往自我的异乡；回来的勇气，回到她自身，几乎无我，不否认前进。她溜到自我之外了，她拥有这种严肃感，这份猛烈的耐心，她走出去，通过剥离，通过光芒，通过使各种感官归位。需要脱掉视线的外衣直到视线裸露，需要从眼睛里去除围绕的眼神，清空有所求的眼神比如泪水，去除观看，直至视线无计划，直至凝视。

她拥有双重的勇气，唯有女人才拥有这样的勇气。那时，她们跟随恐惧的路线，随它走下沙漠，辨认它直至死亡，在那里，她们品尝它而后生还，并非没有恐惧，只是从此能在恐惧中活着。比恐惧更广大。先有勇气不信，然后不可思议地有勇气开始渴望活在之前，在阐释之前，在理性之前，在神之前，在希望之前。或者之后。

她们（只有她们，女人们）越走越远，直到自我的最深处、存在的监禁才停下，在那里，事物保持自由，生命力都是均等的，在最深的一层中没有什么是微不足道的，每一存在的演化都根据自己的需要，遵循其内部元素的秩序，这一层充满了五颜六色的宁静，她们任由自己进入到宁静里，之前她们已经在前厅脱掉了衣服，支付了宁静的代价，她们在世界的中央沐浴，遵循呼吸的秩序，即人类事物的差异。感官流动着，循环着，一些像奇怪的麦克风信号般复杂得出奇的信息从血液里发射进耳朵，一些喧哗、呼唤、听不见的回答在振动，神秘的联系建立起来了。在这不受限制的谈话里，在一些不相交的、分离的、不相称的声音集合之间，有时也并非不可能出现一些无法计量的共鸣的和声。

有那么一刻，一块未知的石头是巴西的一个元素；一块石头的存在是巴西重新存在的胚芽和条件，而克拉丽丝那一刻的决定性沉默拥有无限的耐心去等它成熟。

有些女人可以说出 O 为何一定是 I（我）的一个元素，她们会有恰当的勇气来证明橙子的真理如何能被用来为伊朗的真相服务，一个女人的爱（她的学问，她的艺术）如何就是将它们添加到一起的环境。那些女人能够在原初的平静中停留足够长的时间。

我只在隐匿的、不稳定的时刻才是平静的。这会发生在我身上，但我自己无法让它发生。那对我来说似乎是分心的时刻。什么是分心呢？既不是一门学问，也不是一种温柔。它是一种自我开脱。一种被动状态？这些时刻是被赋予的。在这些时刻里，写作被释放了。

所有写作都是纯真的。我什么时候能够承受纯真？

这些时刻并没有真正重新占领我。一通电话结束了梦游："那伊朗呢？"而我向它们投降。我放弃写作。我承认橙子。这不是它们的错，反而是我的错。我不知道谁打电话给我。也许是我分心了？我接了电话。在我分心的状态里。

诗人那种平和喜悦的性情，我没有自由地享受过。

我们徒劳地洞悉赠予的命运，胜过所有的哲学……

然而，我和伊朗有什么共同点？除了一个音节，我意识到它有能力通过耳朵，通过误听，通过巧合，将我带回我的出生地奥兰（Oran），或者迫使我回到队列中。否则，一旦我放任自己爱上橙子，我就不可能听不见那个为我而来的问题，不可能不引发对伊朗的懊悔，不可能让自己摆脱指控。一旦我离开旧土地，一个伊朗就会打电话给我，让我回想起秩序。一旦我偿清了债务，债务就会缠上我。

一个伊朗分散了我对橙子的注意力；一个伊朗用那些鲜血的声音把我带回去，拖着我在痛苦中游行，屈服于冒犯之下，屈服于内疚感之间，屈服于一件又一件过错，直到我的家乡，茉莉花的声音。远离橙子并不能让我们更接近伊朗。整个东方都是橙色的。

伊朗的问题是否让我远离了一些近在咫尺的问题，它们如同一束束荆棘，里面没有玫瑰，满是泪水？或者，它用迂回的方式使我接近了那些在我蒙着面纱、它们也蒙上面纱时才能承担的问题？这个问题和那些问题之间有什么共同点？忘了那些问题，我就没办法表现出善意，而伴随着那些问题，我就没办法在表现出善意时不流泪。那是一些痛苦的、我自己的问题，有关于归属。犹太人的问题。女人的问题。犹太女人的问题。女人橙子的问题①。橙子的问题②。问题如下：

我是犹太人或者我是女人？我是犹太女人或者我是女人？我是女人？或者女儿？我是女人或者我重生为犹太人？③

---

① 原文为意大利语：La questione delle donnarance. Donnarance 这个词是由 donna（女人）和 arance（橙子）合成的。

② 原文为葡萄牙语：A questao das larnjas。

③ 原文的这段话夹杂了大量无确凿意义的动词，它们开头的辅音与其后表示“犹太人”“女人”的名词的辅音相同，形成一种发音游戏。“犹太人”“女人”“女儿”等词分别用法语、意大利语、葡萄牙语表示。

我一只手写黄色，一只手写绿色，一只小手从我的手下面滑过，我的手指在它的手指上，我这只双重的手对世界的召唤感到紧张，我的手在生命的荆棘上被划破，我写血，写得无所畏惧、不带纯真，我感到犹太人从我写作的深处经过，在我记忆的后面无声地吟唱古老的诗篇，我感到女人们在我的写作中写作、分娩、喂奶、悲伤地独自入睡、欢快地醒来，我的双手时而以火的步伐、时而以白色母狼的步伐向前，我的双手彼此抓挠，手掌流出乳白色的泪水。

伊朗的问题在哪里触动着我们？远离边界、坦克、律法，远离王和长老（chayatollas），远离法国生活，远离美国闹剧，在这片内部的空地上，在日落仙女们那里①，女人们抛开愧疚的地图，发明出几种新的幸福。

女人们走到最微末处，走到十分贫穷、极其赤裸的地方，以使每件事物的盛大得以萌发，只有她们才知道橙子那不可思议的盛大的幸存，是将缄默

---

① 赫斯珀里得斯是古希腊神话中守护西方金苹果圣园的仙女，一共有三位，她们又被称为“落日处的仙女”“夜晚的女儿”或“西方的仙子”。

的、被隐藏的、被憎恨的全人类从族别与他们的历史下解放出来的条件。从最微末处，有些女人能够提醒我们活着的方法，在无限的从属关系中。从物质的缤纷歌谣所构成的无界的场域开始。我有这种纯真的激情。我没有它的宁静。我什么时候才能庆祝纯真，而不急于惩罚它?

我的不幸的纯真，我的纯真是我的悔恨。在我的窗户周围，克拉丽丝的纯真是我现在真正的光。为了这样一种纯真，它的豹子的脚踝，生命的步伐，至高的野性，它的灵性；我不会做什么？我没有做什么？我差点做了什么？困难在于拥有最大的力量："不做任何人"的力量，像一朵玫瑰，在一切命名之前保持纯粹的快乐。

如何称呼自己为橙子？如何称呼克拉丽丝，当她赤身裸体，nua[①]，她在自己出生之前就早已居住在她现在的先例中？赤身裸体的克拉丽丝叫什么名字？[②]有时，她称自己为豹，在某些时刻，她称自己

① Nua在葡萄牙语中即是"赤裸"的意思。

② 原文为意大利语：come si chimamaci Clarice，nuda?

为母猫、“gata”、“gatta”① 或“预备猫②”，有时仅仅称自己为母鸡的蛋，有时候“uovo della gallina”，或是“ovo”③，或者“o”，蛋，有时是一个词，一种声音，在四月的一天，她竟脱掉了自己的衣服，直到她可以称自己为蟑螂，barata④。通过贫乏进入无限的盛大。她会在她自己的姓氏里死于窒息。可是，一旦从自我的薄膜中出来，在所有的路径上延展，便来到了所有源头的边缘。

要如何在异乡称呼自己？要足够远，足够近，足够强烈，足够温柔——为了吸引自己，引导自己，从遗忘到遗忘，直至异乡记忆的开端。

为了从那些日期中解脱，而在与某一刻的亲密感中深深地迷失了吗？在这重大的时刻，要像鱼一样游泳。

克拉丽丝是如何离开她尊贵的夫人身份的？她在地下走了什么样的路？她沿着什么样的阶梯走到语言的底部，直至沸腾的中心？在那中心，形成了

---

① gata/gatta 在意大利语里是猫的意思。

② 原文为 préchatte。

③ Uovo della gallina 和 ovo 在意大利语里都是鸡蛋的意思。

④ 在巴西葡语里是蟑螂的意思。

气息的合金，克拉丽丝用它自我命名、自我忘记，仅仅保留一个声音、一个字母，并且自我重生，重生！我重生，重生，忘记克拉丽丝，想起 G. H.，住进一个词的橙色里？沿着谦卑的哪一条脉络，我让自己滑离了自我？诗人如何远离自身，直至绝对纯真？如何让自己在思考之前承担，在准备中思考？正如荷尔德林受古老的沉默召唤，退回诞生之前的希腊，并将自己的生命交给了自然？在那里，陌生的名字呼唤着我们。

远离了我、照片、幻灯片，我会被如何称呼？我何时能够全不晕眩、没有明日一般地活着？但并非没有昨日：毕竟所有的昨日都在这里，昨日是现在的脉动。没有图像，但并非没有内在的面孔。

我怎么能自称为女人呢？女人这个名字专属于那些为了揭示所有国家的橙子而支付代价的女人。

需要代价。我不知道究竟该如何支付。我甚至不知道它是多少。如果我写了这个句子，“橙子的爱及其他”，这是有罪的：我因誊写它而有罪；我因无法完全纯真地写它而有罪。它不是我的：它只能通过一种写作来到我这里，那种写作静静地留在无耻的外表之上，真理的草率之中。因为真理在错误的风险中增长。它来自一个不害怕犯错的女人。我还因自愿翻译而有罪。在我看来，原句是在说："今天，我知道我没有。我能给出的只有我的饥饿；以及一只黑暗中的苹果。知道如何遇见它，知道它是苹果，便是我所有的知识。"这就是不犯错误的原因。如此纯粹的饥饿是一个开始。从饥肠辘辘开始，会诞生热爱生活的力量。

在翻译苹果（将它译成橙子）的过程中，我尝试显露出我自己。用这种方式来取得我的那份水果。取得那份享乐。斗胆说出那些我自己还不能肯定的事情。把自己推到自己的极限之外，逼迫自己冒着自毁的风险在超出我极限的地方前进。用这种方式来开始支付代价。我不知道具体要向谁支付；我不知道如何将自己足够多地暴露。变得简单如一只苹果，如一只苹果的善良。我拥有脆弱的、偶然的、紧张的纯真。由于我不知道它来自哪里，我每时每刻都在预想着它的消失。被扣押，被撤回，被惩罚。我没有成熟到足以纯真。或者说，我过分遮掩、过分武装、过分防御。

在远离我的地方，碰巧地，当我在橙子周围转圈的时候，谁在付代价？谁在写作？

在远离橙子的地方，我不会原谅自己书写。我书写以请求被原谅。我还写信给橙子请它原谅，我对它来说还不够成熟。我是不可原谅的。

谁在我写作时为我付了代价？谁给了我超越自我的三天时间？我的纯真吗？我需要一段记忆用来遗忘，一段记忆用来拯救遗忘。

也许我不必付完代价？也许这里没有错误？没有纯真？也许我不想原谅自己？

无人拥有纯真，却有一只苹果温柔的光，在夜里将我们引向它。有时，一个女人足够谦虚，有足够多执拗的温柔以至于默默无名，而作为一个无个性的女人，她将自己维持在纯真的古怪自由中。于是，她就是纯真。不过，为此必须无目的地行走，在一只水果的光芒中。于是，在一瞬间，她就是世界，包括她的记忆、她的道路、她的声音。她理解①。而她写作不是为了任何人，她在黑暗中给出名字、水果、手。她说出事物，事物们走向某人，走向我，走向女人们，燃烧着抵达我们，在一九七

① 此处原文为 comprend，前面出现的“包括”在原文中是 compris，两者都是动词 comprendre 的变形。Comprendre 既可表示包含，也可表示理解。

八年十月十二日，落在我们身上，被给予我们。

这个夜晚，写作来到我身边——克拉丽丝，她天使的脚步来到我的房间。她那灰绿色的雷击般的声音。再一次，真理的声音，她的光之声，真理的一击，出现在我的房间荒漠里。我的天使与我一起战斗；我的贫穷天使呼唤了我，她的克拉丽丝之声，贫穷的令人陶醉的呼唤。我挣扎了，她读了我，在她写作的火焰中，我让她读我，她从我身上读我，在我灵魂的底层，我曾经住在那里，那时我还没有开始走路，还没有向事物举起双手。

有符号经过，符号的队伍踏过我的沙漠，步子大而均匀，在我的乳房之间、在我胸前播种沙子，数百万条路过的痕迹如微笑一般毫无暴力地隐匿了，我躺着，如同在分层的浩瀚世界底部的爱的天真，我没有睡，我平躺在睡意上，我醒着，我不游泳，在生命的脚边，我在聆听，我把头靠在梦的石头上。

我无须再下降就到了底部，那里回响着脚步

声，如此轻盈、不可计数、如此微小，一些思想上升又下降，我简单而无限，我可以——

集中我所有的生命力量，我从头到脚仅是一只耳朵，一只孩童的耳朵，紧绷、折叠，我在聆听，用我全部的毛孔，聆听生活在地面下的大海的呼吸，用我所有的手掌、我的海螺背聆听，用我臂弯的电静脉，我专心的乳房的耳朵，我在聆听，躺在时间的脚边，聆听事物胚胎的脉搏，我的耳朵在祈祷，我听到月亮升起时的动静，月亮在云的呼吸中跳动，血浪在天空的肚子里，我听见了，我内部所有的耳朵都朝向世间万物，朝向距我们的注意力最远之物，我内心的太阳都朝向构成躯体的事物的光芒，朝向距我们的关心最远之处，我听到了血的条痕，在岩石之间，热的生命。我听到，用我的蔬菜耳朵，用我的海洋耳朵，我听到器官的灵魂在移动，生命在世界活动的中心里循环，听到大地出现了开口，温柔地，遥远地。我听着沙子在光的脚步下滚动，用我原始的耳朵，带着热爱的耳朵，我听到了事物的秘密在构成，诞生被决定，我听见诞生的声响，分离发出的响亮的沉默在成倍地增多，它们来到我身边，我听见幽灵的音乐，我带着无所不能的耳朵来参加聚会，在内部，在恩典的、必要的时刻，重复奇迹的时刻，在迎接那些事物相互给予的时刻，相互给予回声、通道、延续，一个包含另一个，一个接着一个。

我聆听我的耳朵张开、膨胀、绷紧，我的灵魂因信任、因期待而燃烧，聆听各种组合里的元素相互召唤，聆听这些组合汇聚，植物聚在一起，从土地直至光明，思想相互召唤，一步一步地开始行走，一字一字地相互连接、前进，任由自己缓慢地思考，不与别人相互干扰，从胚芽直至我心灵之耳的周围，我聆听每一件事物在清晨向外舒展它的花瓣、它的手臂、它的宽阔，每一个事物都强烈地占据它自己的位置，在最接近它自己的地方，无意识地，有意识地，凭借我所有的召唤之耳……

我拥有谦卑的全部力量，它拥有无数的耳朵，它的关注无所不能，它对于构成生命的事物十分敏感：谦卑如此谦卑地倾听着，在一个巨大的虚空中，和世界的范围一样大，它的沉默的绝对呼唤被听到了：万物-神没有显露，没有隐藏，完满地存在着，它们的存在闪闪发光，它们经过，我从它们身旁经过，在谦卑中，我站在闪光下，在谦卑中，我伸展于各种思想的脚边，思想在精神的召唤下升起、降落，精神的召唤在身体中从头到脚地呼吸。

那是在写了那么多故事之前，那时，我在那些书之前写作，在写作中写作。那时，啊！事物有一种光芒四射的力量，令我的存在沐浴其中，我从未疏远它，没有远离，在我们之间只有微小、深刻、充足的距离，从里面出现了名字：那是一个弹性的空间，名字穿过来，落在我们身上。从此我在我之中。同样地，克拉丽丝的“我”在她的“我”之中。毫不费力地；在迷失之前。寓居是最自然的快乐，那时我还生活在内部，到处都是花园，而我还没有失去入口的位置。那时如果我听到克拉丽丝的声音，我就能瞬间进入克拉丽丝的国度。因为克拉丽丝假定了我们：克拉丽丝的力量，她充满生机、新鲜感和温暖的空间，假定了女人，假定了鲜活的、原始的、完整的我们，在一切翻译存在之前。

可是在这个孱弱而健忘的时代里，我们远离事物，远离彼此，远远地离开我们自己，在这个悲伤而健忘的时代，虚弱的目光过于短暂，落在事物的一旁，远离鲜活的事物，我们不知道如何阅读，如何让感官散发出光芒，而且我们很冷，一股冰冷的空气在我们灵魂的周围吹，在文字的周围，在一个个瞬间的周围，我们的耳朵冻住了，每年有四个冬天，我们的耳朵冬眠了，我们需要翻译。

因为在这个惰性的时代里，在这个我们忘记聆听和听见的时代里，我们的双手冰冷，双臂无法动弹，我们在缺乏亲近感的寂静中静止不动，我们需要事物召唤我们七次。也许即便如此，我们依然不具备足够活跃、足够勇敢的耳朵去听见它们？

我在被过度出版的孤独中徘徊了冰冷的十年，没有见过一张人类女性的面孔，太阳退去，寒冷彻骨，真理已经沉落，我拿起了死前的最后一本书，那就是克拉丽丝的书，是她的书写。我没有睡，但我的眼睛冻僵了，我的视线无法触及事物。文字向我走来，她用七种语言向我诉说，一种接着一种，她向我朗读自己，直到来到我这里，穿过我的缺席直到存在。她走进来，在我面前停下。

我看到了她的脸，天哪。她向我展现了她的脸。我具备了视觉。那是关于一张脸的视觉。幻象之脸。夜里，她在我眼前展示了她自己。一张轮廓分明的脸吸引了我的眼睛，吸引了我的心。这张脸仅用一瞥就开启了我的黑夜。她的皮肤略带古铜色。亮度比光更强烈。我闭上双眼，静静地凝视它。它亚光的光芒抓住了我的眼睑，抓住了我的心。在我被抓住的身体左侧，它转向西方。那张脸侧过去。这就是发生的事情。我看到了。它向我显露。那是启示。皮肤暗亚，带有不可改变的古铜橙色，威严、内敛。眉毛厚重，雕刻般的弧度，深褐色，眉毛浓密，实际上我并没有看它，对我来说，它是自我彰显出来的，从浓密处直至眉梢。嘴形近乎转瞬即逝。眼睛盯着左边，视线低垂，从不看我。工作开始了。脸微微倾斜，我没有看镜子。手没有出现在我面前，手的动作很快。那是在“卸-脸”（dé-le visage），但，不是“卸-妆”（dé-maquiller）。这就是发生的事情。书写在卸去一张面容（dévisager①）。极快地。第一道眉毛被灵活地去除了。我来不及叫喊。不是卸除面具，是卸妆：卸去整张面容。而她脸上是一张脸。我看到她摘下了这张脸，我的喉咙发出了一声呐喊，她做得太快了，我看到了第二张脸，那是一张“非脸”，没有眉毛，

---

① dévisager 这个词从构词上看，由“去除”（dé）和“脸”（visage）构成，同时，这个词的常用义是凝视、盯着看。

或许也没有眼睛，我来不及震惊，来不及叫喊，因为这个过程一直在进行，快得过分，她卸去了那张“非脸”，第三张脸苍白、无光泽，眉毛更细、更锐利，眼睛全神贯注地观察着物体，手动得很快——快得我来不及看清，我看到脸去掉了脸，向我揭示意义。它的真理——用它所有的面孔凝视（dévisager[①]）我。我知道我理解了。正是为了我，脸才揭露了自己。这就是为什么它能如此迅速地自我揭除：重要的不是关怀，被呈现的不是技术。重要的是向我表现，所有这些从脸到脸的脸。无限的数量。面孔变换着，它的连续性震撼了我，攫住了我，向我展示了它的多变性，抛弃了我，它的需求难以满足，不仅如此，一种痛苦不再放过我，它的牙齿咬住我心的咽喉，够了！还不够，脸的速度撞倒了我的灵魂，它从我的头顶跌落到梯子的底部，在坠落中，我的眼睛摔破了，痛苦只在消亡时松口，凝视（dévisagement）将会继续纠缠，或许正在纠缠那些不必要的事物，那些我见到的、我见证的，对脸的分析纠缠着我，纠缠着它自己，我明白

---

① 同上。

了写作那神圣的残暴，当写作专注于凝视它自己的轮廓的真理，凝视它们湍流般的多变性。写一本关于这一刻的书，需要十年。在这十年里，一刻也不能看不见这张脸。

那是一种空无，——它彻底抓住了我。馈赠。又立刻拿走。它向我展示了一张脸，我看见了它，我看见了这张脸。然后，它向我展示了一只水果，水果对我来说变得陌生起来，它让我看见了这个水果。它对我读出了它，用湿润、温柔的声音，它叫它“laranja”，它把它翻译成我的语言，我找回了消失的橙子的滋味，我重新理解了橙子。

橙子需要我们人类的温暖才能生存。我们需要一只灼热的、干燥的手带给我们生命，事物中保存的记忆，那记忆被事物包含，又保全事物的新鲜。我们需要一种湿润的声音呼唤我们，好让我们的灵魂在喉咙深处不再干渴至死。

——四个冬天，我如此寒冷，没有什么能温暖我。内部寒冷彻骨。我聋了，我拥有荒废的外部的耳朵，外部不再有任何声音。我乞讨。一匙温暖，一口生命。我在走廊里快要饿死了。我的朋友们，橘子在哪里？它们变成了石头，在这个惰性时代的遗忘中，手没有伸去与水果相遇，女人没有将手伸向女人的手，而我们的手孤独至极。坐在空荡的房间里，当我们过着了无生机的生活时，一切都被遗忘，女人们冷得要命。被遗忘的人。有时乞讨。

我在迫切中乞讨。“把你的碗给我吧”，我嘴里说着冰冷的话。喝点卷心菜汤来取暖？把切成小块的卷心菜放在很快就冷掉的盘子里来尝试拯救灵魂？我仔细地看着这些小块的卷心菜，努力回想着。有什么用呢？一个女人需要女人们才能活下去。我灵魂的外部被彻底地冻住了。寒冷的诅咒！一个女人需要温暖的触摸。需要给予温暖。汤不保存温暖。我们需要去爱，需要爱。如果没有那些关注着生命的女人，我们无法存活。“拯救我的不是汤，”我说，“给我你的温暖，你灼热的体温，我需要那份温暖来抵抗致死的寒冷，我需要鲜活的温暖。”我们不能用一碗汤来充饥，我们不能通过饮食来温暖我们的灵魂。为了确保活命，我们需要感受到女人们就生活在我们身边。

克拉丽丝是一个女人的名字，这个女人能够用或温暖或清凉的名字召唤生命。生命来了。她说：

我是。一瞬间，克拉丽丝就“是”了。克拉丽丝在一瞬间完全存在了，她赋予了自己存在，鲜活的、微小的、无限的存在。当我说“克拉丽丝”，这不仅仅是对您说起一个人，这是为了用“克拉丽丝”称呼一种快乐——一种恐惧——一种恐惧的快乐。为了对您说出这种快乐，给您这种恐惧，这种恐惧中的快乐。

——为了知道快乐是谁，快乐在哪里，知道它的“非脸”、她急速变化又毫无变化的五官。对快乐的恐惧？

有那份幸运——快乐的最小的妹妹——遇到快乐的克拉丽丝，或快乐的 g、h、l 或安娜[①]，并从此生活在欢乐里，生活在她无限宽广的怀抱里，在她宇宙般的干爽、温暖、柔软、纤细的双臂中——多么大的幸运？——

在她的双臂中，她守卫着我，在她的空间里，一天又一天，无数的夏夜，我活得略微高于我自己，在一种狂热中，在悬停中，在内心的竞赛中。

---

① 安娜（Anna）这个名字源自希伯来语，代表神的恩典与祝福。

——我好像在逃离她？但我没有真正地逃离她，我似乎是在考验她，似乎只是在为新的呼唤清理我面前的空间，这样她便可以呼唤我，似乎我在呼唤她，不是因为她不在那里了，而是为了让她一而再、再而三地前来。

正如一个女人在爱里做爱，在那时，日日夜夜，在逃离中，在她的怀抱中，我似乎想要衡量她、考验她，通过……一种遗忘。然而遗忘也会带着我从世界的另一端走向她。

那么恐惧呢？在爱慕中恐惧。对爱慕的恐惧？

从相遇开始？我让自己与她分离（但我知道她就在那里，我知道去哪里再次找到她），我让自己被召唤，远离她，远离我。我离开了。我在她与我之间留下了巨大的间隔物，它是巨大的、现代的，设有一些非常高的装甲建筑，其厚度和暴力程度因其中拥挤的人群而倍增。

我让人群占据了我和她之间的沙漠。是人群，而不是人民——现代木偶般的国民。

我没有忘记她：我让遗忘占据了无限辽阔的思想，那思想从她最后的脚步一直延伸到我的肋骨。

我没有让她坠落。我没有动手阻止她坠落、沉没，我没有拖住她。

我没有承担失去她的风险。让她消失的风险。

我没有承受痛苦；没有承担风险；没有承受恐惧；我什么也没有承受。没有什么要承受的。

我接受了。

一切都曾可能发生。一切都可能发生。我接受。Eu aceito[①]。

我没有向她投射任何渴望、任何陷阱、任何担忧。

我没有阻止她。我没有把我的任何一个人格放在她面前。

我没有向她做出祈祷。我不是已经与她相遇了吗?

于是我对她再无所求。

她本可以离开。变弱。变得苍白。我不害怕。这并非不可能。我不愿阻止她离开、变得苍白、消

① 葡萄牙语，表示“我接受”。

失。不愿对抗有可能发生的事情。事情发生在我身上，发生在她身上。她可能会离开。她不再来到我身边，这也并非不可能的事情。

我不会做任何事情去阻止可能发生的事情发生。因为她来到了我身边，——就像生命中的生命，生命里绝对的、充分的辉煌，它的真理，它的本性。

它那“是其可能所是”的存在，具有一种完满——孕育着一切可能性。

它包含一切，它不排除分毫，它包含死亡。

而我遇见了她，因为跟随着我所有的可能性，我就可以遇见她。

她完美地来到我身边。她的完美就是身处自由中，就是她的灵魂得到了如此这般的发展，她的内心抵达了一种生命的智慧，如此深邃，因而她一定抵达了最深处，那里不再是一个地点，但也不仅是一个区域，在无限延伸的空间中，即生命的内在大地中，在存在的状态中，这种成熟延伸了广度，延长了期限、生命的生命，超越其限度，让生命的生命在深处获得真正的、精神的、物质的生长，正如生命的内在躯体也在生长一样，到那时，它的肥力被思想的河流充分浸没，终于获得一种深度，在那里，生命的生命遇到生命，即伟大的生命之母（Grande Vie Mère）。

她以她的完美来到我身边；那是她的存在的皮肤。她完全在它内部。包裹在这种完美里，其内在是透明的；看不见；可以感觉得到。在这种完美的内部，察觉不到粗俗的视线。它包裹在从它内部发出的光晕里，完全可以用眼睛看到，它不进入，它呼吸。鼻子闻之无味的香气来自深邃的内部；并未见到它们的双眼却陶醉了。

像一片透明的眼皮，铺在内部的火焰上，保护我们的眼睛免受她视线中过于强烈的光亮：被她看到的一切都因真理而灼热。

我没有什么要向她请求。因为请求是有限的。我不愿意局限这无限的馈赠。——

我感觉到了她。

我不想离开。但我没有尽全力留下来。

我让一段距离带走了我。

恐惧？也许吧：一种令人振奋的恐惧，如同一种快乐。快乐中的恐惧。没有忧虑的恐惧。只有快乐的颤抖。

我注视着生命的“非脸”，我认出了它。

我聆听了它的声音，我在心里为那个声音说出的每一个词哭泣，我像一滴喜悦的泪水一样哭泣。

我在希望和绝望中寻找的那个女人，我在无望的绝望中寻找的女人，我遇到了她，然而是在什么时候呢？

我没有离开她，我没有逃离。我和她搏斗。被拥抱着，在喜悦中，喜悦对抗喜悦，我与她战斗，在战斗中，我与她一起对抗我自己。我没有大喊：战胜我；打垮我！

即使如此，我没有这样做。

我不想谈论克拉丽丝。我想不谈论她，想听她写作，听她写作的步伐那紧张、湿润、无声的音乐，我紧绷我的神经，我想听见她的思想踩着远古天使的步伐，沿着写作的阶梯上升、下降，我用眼睑低垂的耳朵在听，我想向我的朋友们展现克拉丽丝的光芒，散发克拉丽丝的艺术，我需要呼出她，她的鸢尾香气，我需要散发她的目光的香气。她的目光并不看，她的目光使她的光芒与事物发亮的音乐相谐和：克拉丽丝鸢尾（cliris）。

我听见内部的音乐从思想中散发出来，当她思考着她的起源，我听见她思想的味道，那时她在生命的底部，尚在地下，在写作之下，她缓慢地展开自己，而那贴近根部的思想的茎散发出古老又年轻的味道，那味道在我耳边被吐露：我沿着她的声音上升，直到酸橙的甘甜，直到百香果的苦涩。

我迫切需要和您分享当下书写（l'écriture-présent）的浓郁与舒缓，在时间之前，在永恒旁边，在那一瞬间的起源处写作的女人那黯淡的、低调的、令人陶醉的味道。因为这就是比我一切力量都更强的力量，来自一份从她那里来到我身边的馈赠：一份猛烈的馈赠，一份令人难以承受的、变幻不定的、具穿透性的喜悦，它想推动、传递、转达它的起伏汹涌，让所有从一种混合了温柔与神性的泥土中诞生的女人都感受到它。

我将一只活的苹果归功于一个女人。一只快乐的苹果。我将一只作品苹果归功于一个女人。我将一个女人天性的诞生，一本苹果之书，归功于一些女人。我将一只苹果的爱-神秘归功于许多女人。这只苹果的历史，以及所有其他苹果的历史。年轻的、活的、被书写的、被等待的、为人所知的、新的。提供食物的。我们[①]。我将对鸡蛋之美的认识归功于克拉丽丝。我将鸡蛋的复活归功于您。物体的光晕。苹果的教育：关于和平。这个词在舌头上的酸味。不同果皮的百种滋味：甜在舌尖上的苦苹果，称呼，苹果，苹果，召唤……[②]

我希望我能够说出：克拉丽丝。我希望克拉丽丝也呼唤您。对您说出她想说的。

我必须对您说出克拉丽丝。对您克拉丽丝式地说出她，在她的影响下。提醒您：克拉丽丝！

这是破晓时刻。需要告诉您我唤作克拉丽丝的一切。自称为克拉丽丝的一切。而您，您也可以把自己唤作克拉丽丝。

---

① 法语中，“提供营养的”（Nourricières）和“我们”（Nous）的第一个音节相同。

② 原文：l'âpre apple de l'être-douce-sur les langues，appelle，apple，apfel，appel. âpre（苦）、apple（苹果）、appelle（动词“称呼”的变位形式）、apfel（德语中的苹果）、appel（召唤）都以 ap 开头，照应了前文“不同果皮的百种滋味”。

克拉丽丝提醒。她提醒了我们。她是一种力量。她是一种温柔的女性力量，温柔、复杂、和谐的多种力量如音乐一般在其中奔流：一种广阔的星辰运动，一种由月亮引导的星辰之流。一种给予的力量，强得温柔、过剩，以至于她总是给予双份：她献出她所给予的一切——一连串的星星；一些完整的活物博物馆；一些存在的时刻、瞬间、表达、世界的领域以及这些世界的所在，即无限的爱之网；她睁开眼睛的方式，她以此将她目光中那个灿烂、热情、无比敏感的空间送给世界——她给予我们万物，给予万物她目光里好客的土地，从这土地中，万物发光、生长、升起，以如此坦率、美好的姿态，万物同时想起了它们的起源，它们让人想起那块土地、那种眼神、那双眼睛、那个灵魂，那灵魂希望它们活过来，全力地脱离虚无，闪闪发光。它们让我们想起它们是从哪里收到召唤，从而如一道光似的跃入空中的。

在那一刻，我们接收到它们，它们抵达了我们眼睛的心脏或耳朵的心脏，它们将自己交给了我们，以如此强烈的温柔、如此的穿透力、如此气势磅礴的说服力——即使我们那么虚弱、疲劳、烦乱、沮丧、气馁，即使那个早晨的天空那么阴沉，那个时代正经历寒冬——在给予发生的一刻，它们都会为我们带来能力、力量、信心、需求，通过任由我们占据它们的方式；通过占据我们，在深处温柔地建立起来的方式。

由此，克拉丽丝给予我们一大堆如传奇、如画卷的迷人事物来热爱，一个发生在家庭内的或野外的聚会，这取决于书本的时刻，她给予我们有生命或无生命的事物，但事实上它们都具有活力，都在说话；同时，我们还被给予了对这给予之力的爱，爱它的美、它的魔力。她给得丰盛。这力量如奇迹，细致入微，这丰盛中的每个元素都是沉思的、单独的、绝对的、被选择而非被排除的。于是我们想起，兰花里有一万五千个品种，每一种都有其不同的、确切的稀有性。

克拉丽丝拥有兰花之力（force-orchidée）。在她拯救生命的方式里有一万五千种爱。克拉丽丝。一个灵魂的源泉。记忆。具有令人陶醉的精确度的活的登记簿。记忆的过滤器。饮一口克拉丽丝——让我们重拾童年的美德：体型尚小，尚无知识，无度的饥饿，令人急躁的迫切渴望，匆忙地跺脚，因急于接近和学习而近乎愤怒，因感受到无限之巨大而惶恐，在巨大、高度、深度、数量、多样性面前因情况紧急而对思想产生慌乱的激情，近乎恐惧的钦佩，因为万物是如此巨大，在我们面前，在外面，闪耀着，一切都是需要攀登的高山，一切都是折磨人的承诺；当万物从极高处经过，它们是多么诱人啊，它们花朵般的微笑抓住了我们的心，那些陌生的事物！我们是那样追逐着它们，猛烈地向它们奔去，我们的整个生命都是手，因崇拜而狂热，那些渴望者！它们是如此地高，差一点就可触碰到，一切都是金字塔，当我们还在语言的边缘，当我们必须学会如何在语言中游泳，我们听见万物在歌唱，一切都是象形文字，而我们还不会读，一切都写好了，在书本出现之前两千年左右。我们感觉到有东西在我们耳朵上方说话，几乎可以听清，我们的整个灵魂都是灼热的怀疑和确信，我们不知道它们的名字，它们出现在语言的另一端，它们滑走了，在它们和我们之间只有这条河，在它们的微笑和我们的喉咙之间，在事物之间，在那些会消亡的人们之间！而仅有这震动中的虚空需要我们的心跨越，万物，它们是多么陌生，又近在咫尺，我们还不知道如何命名它们，但我们呼唤它们，我们全部的血液都是呼唤，我们的皮肤在祈祷，我们的呼吸在召唤。

并且以我们的方式呼唤它们，预先爱上它们，在知道它们的名字之前就充满爱意地呼唤它们，它们以它们的方式不慌不忙地从我们面前经过，给我们留足时间，轻柔地站在我们面前，并不改变，但呼吸却细微地缓慢下来，在学问的整个整体面前，我们认识到，当我们的体型足够小，尚能跨越体量与灵魂相符的身体时，所有可爱的事物都属于女人这一种类。

当我们还没有失去邂逅的花园，我们还居住在所有的失去之前，所有的习惯之前，所有的满足之前，在记忆开启处沉默，在所有的遗忘-记忆之前，在分类、数字、计算、撤回和过去之前，在它们面前，每一个女人都同样可爱、突出、能言善辩，当我们还没有失去我们最初的天赋，我们未思考、未发现的财富，我们纯真的、活跃的天赋，那时，我们未想到幸福就已经幸福，未想到价值就已经富有，我们在拥有之前就享受着我们的财富，享受我们无知和贫穷的嫁妆，那时，我们拥有一切站在我们之前的事物、到来的事物，闪耀的、停留的事物，微笑的事物，我们停驻在各种生灵的花园里，所有的植物都在向我们的饥渴招手，我们攀爬，徘徊，在每一件事物面前，在万物的一扇扇门前，在每一朵花的面前，在果实、青草、蔬菜堆前面，在元素前，在整体前，在魔法市场的橙子山前匍匐而行，在整体的每一块圆形橙子岩石周围转圈，我们向它们祈求，向一块又一块石头，每一座山，每一只橙子，每一块植物的岩石，每一颗天空的果实，我们在一堆星星面前沉思，伫立在每张脸的花朵前，我们向万物敞开，我们等待它们，带着从花园地面上收集来的词语，带着我们不知道名字的词语的花束，我们用尽一切让它们感觉到被召唤，我们用目光浇灌它们，我们关怀它们，我们阅读它们的颜色，我们追随它们的形态，用我们眼睛轻盈的手指，用我们耳朵轻盈的嘴唇，我们品尝花开、叶落、果实坠地，而它们一个接一个地被打动，走向我们。

并且以它们的方式从花园的胸部进入，非常温柔、非常强势地迎上去与心相遇，不绕道，就在那里，在花园的深处、心的前面，我们感觉到那是一些女人，一些我们爱的女人，在想到爱之前，一个接一个地爱着她们，紧贴着她们的心。认识她们就是在活着。

在万物的启发下学习一切，在万物巨大的亲密中，徘徊、爱、匍匐、思考，在万物的增长中成长，在外部的亲密中居住，让玫瑰在自己的心的花园中生长，认识生存，理解空间，理解为何整个天空都在内部，追随心灵、鸟儿，在树林间，在树枝的末端，理解空间就是冲动，在胸中，在阳光下缓慢的思想空间，迸发的、迅速的空间，万物周围的目光，成为花园，守夜，守护泥土和根，从而等待一切，成为万物的期待，石头的休息，三月一日前夜番红花的躁动，星星周围从上空至地面的蓝黑色震颤，理解它们的巨大之渺小，理解那些渺小之巨大，那时，我们的心就和空间一样大，而所有的空间首先是音乐，是万物的呼吸，广阔总会引起共鸣，那时，我们的心会聆听它，我们会听见其他活着的事物，一切都在呼唤、振动、发出鼓声，而我们听到万物彼此呼唤，经过这里、那里，在花园小径上，在空气的另一端，它们把名字告诉我们，把它们的名字交给我们来说出，避免遗忘。它们到来时的名字，它们出现时的名字，它们的脸的名字。没有这些名字，它们就不会出现。它们的名字充盈着当下，他们的名字鲜活、沉重、可被听见。

但我们常常忘记。我们不再知道如何呼唤。我们沉默地说话。我们的舌头无法呼吸。名字消失了。在黑暗中，万物不再经过。我们的舌头荒废了。我们不再生活在那里。我们忘记了自己。而所有的花园都成了幽灵。我们常常忘记橙子的名字，忘记橙子的真名，酸的、美味的，橙子在痛苦，整个物种在枯萎、消亡，而我们也在黑暗中，没有果实，没有被遗忘之物的痕迹，我们干涸了，我们的舌头已经脱水。

一只暗淡的橙子从城市的另一端升起，升到心的顶峰，我不再记得如何称呼它，它在经过时叫了它自己，我没有听见，我没有足够的时间去寻找，去发现它是橙子，去叫它——！一群穿着深灰色制服的云将它包围，也许会把它打倒。如果你想在一只鲜活的橙子被再遮掩起来之前及时来到它身边，你必须不遗忘这一切：财富、贫穷、机会、可能性、风险、生活的条件、价格、每种水果的价格、苹果自由的代价、女性享乐的代价。工作。

为了让一抹微笑在被爱的唇边绽放一次，为了让克拉丽丝的微笑显露一次，就像永恒中一瞬间的光芒，你必须学会真正地去看，看（voir），在下看（sous-voir），在上看（survoir），直到你感叹："真的，我看到了！"必须因用力而发颤，严格地训练眼睛，直到它们结出劳动的果实——配得上真看（vrai-voir）的目光。这是一种揭示的、克拉丽丝式的看。一种看，跨越了框架和画布，它们覆盖着城市、建筑外墙、掩护支架，跨越了图像和幕布，它们抹去、掩盖城市，将城市转化为城市表象、虚假的城市、石头建筑的系统，一种看，进入城市的私密空间，前行，睁着眼睛走遍那些通往隐秘街区的道路，继续前行，经过医院，经过警察局，进入城市深处，逐渐走到那些藏在隐秘街区后面的秘密街道附近，继续走，向着城市秘密的方向前进，明白在城市最隐秘的墙壁后面隐藏着城市的真相——在幸福里，在苦难里，城市向我们承诺了什么，为我们保留了什么，为我们准备了什么，继续前进，越过金墙和银墙，纸墙和冷漠之墙，穿过铅墙和谎言之墙，来到最后那扇门前，进入。

因为必须知道我们所说的“城市”是什么，一座城市给我们带来了什么，让我们在其中生活、逃离、躲避、经受、恢复，必须发现一座城市的真相，它在生死方面的价值。它在奴役和人性上的价值。一种看见，是已经看见了城市的心脏和坟墓。必须知道表面上美好的和真正美好的事物使人付的代价，知道必要之物和无用之物的代价。必须知道一座城市、一栋房子、一间客厅会造成多少死亡。谁来支付？谁来计算我们的开支？我们的储蓄？我们的疏忽？我们的损失？必须学会如何以人的方式栖息在时间里：懂得缓慢地行动，深深地呼吸，像一个生命以人的方式生长、思考所必须的那样慢，那样深。必须能够根据思想的缓慢季节来生活。只为了一次触摸，真正的抚摸，用一只有生命的手。

所有我们不能忘记的事情，不能拒绝知道的事情，不能不将它们带着伤痕保留在记忆中的事情：死亡，屠杀，冷漠。为了能够活着来到一个充满生机的橙子面前，必须能够想起六百万具尸体、三千枚核弹头，不要忘记，十亿个戴着枷锁的人，十亿个被围困的人，以此来衡量一个微笑在全世界的力量。为了不忘记在场的名字。工作：克拉丽丝。摆脱遗忘的工作，摆脱沉默的工作，发掘的工作，摆脱盲目和摆脱失聪的工作：克拉丽丝为我们举例；提醒我们注意这一点。提醒我们这份工作的紧迫性和回报。

克拉丽丝打开——窗户：完全面向这个滔滔不绝的世界，无墙的方舟，里面回响着一万五千种语言，从中她听见各种生命向她吐露它们命运的秘密。必须像童年时一样彻底地停留一段时间，靠在空间的边缘，这是为了明白每件事物想要告诉我们的至关重要的内容。为了重新发现爱一片叶子的快乐，一片我们不再知道名字的叶子，一片脆弱的、敞开的叶子如同掌心暴露在充满爱意的辨读之中，为了重新发现一片树叶的意义，一片叶子的快乐的起源，重新发现故土的全部风景如何被描画在一片叶子那光秃秃的手掌中，必须首先拥有力量，拥有思想，去打开那扇朝向树叶真理的窗户。

要花多少工夫才能打开一扇冷漠的窗户！我们必须重铺那些荒废多年的道路，这些年来我们已不再富有生气地住在那里，那些道路已无法抵达我们神经紧张的、被麻醉的、失去活力的身体，我们驱使这些金属化的、加工过的身体，每天早晨，我们在缺席状态中沿着林荫大道行驶，那里人烟稀少，只飘荡着人类的幽灵，我们全速经过时间的深渊，匆匆掠过虚空，因为在现代的坟墓中，既没有时间也没有土地，没有充满时辰、季节、水果气味、树叶、忠诚的房子，房子里不会充满比任何价值都更珍贵的宝藏，不会到处都是装满思想和注意力的痕迹的抽屉，不会充满活生生的、被收集、被收养、被放在架子上、被一个女人的目光赋予一种美的事物；那些事物轻柔地、持续地散发光芒，让生命有活力，把光变成目光，没有充满着女人的房子，那些女人向众生之心敞开。

必须穿透我们内部静止的厚度，找到比惰性更强的终极力量，穿透成堆的遗忘，这样才能走向窗户的记忆，因为在从生命（vie）转入城市（ville）的时候，我们清除了对窗户的记忆。当我们几乎不再相信我们还能获得任何光亮，开凿窗户是一项多么艰巨的任务！这样才能向一片树叶投去细致、纤巧、因专注而颤抖的目光，有了这目光，树叶就能解脱：在空中颤动，微微地闪烁，让人看到、听到它有多么美丽，有多少盲目消散在窗前。

克拉丽丝面向一只苹果：苹果膨胀起来，像鸟儿一样轻柔地落在我们面前，当苹果安静地落在窗边时，它的飞行让我们惊讶地围绕它思考：“也许我从本世纪初开始就再也没有想起过苹果了？也许我没有见过苹果，没有发现过它，没有观察过它，当它刚刚脱离它的环境，仍在颤动，在空中，而它停落在桌子上，改变了自己的性质？变成了石头，或者变成了鸡蛋？”苹果的思考在它的运动中闪过，这些思考一排又排，一堆又一堆，一窝又一窝，几千年来，我们都忘记打开窗户来迎接。也许我们穿过了鲜活生命的森林，却没有看到也没有听见？也许我们浪费了生命？

我们害怕记住我们在秋天的某一时刻里保留下来的精微的快乐，对一片树叶的沉思。我们害怕想到生活，害怕感觉自己想起了它，害怕不再能够摆脱对它的需要，害怕不再能够忍受在遗忘或记忆中远离它。然而，要想——一直走到被禁的树叶面前，走到让树木变得柔和的光的粉末中，走到那扇有一个女人的窗户前，女人倚靠着，在思考，因此被窗口定格，投身于思考中——必须对抗一万个恶魔，在打开门的时候，应该已经躲过了十个，在楼梯上躲过了一百个，在环形大道上躲过了无数个。

我是以怎样的状态来到这片树叶面前的啊！我没有提前放弃，我脸上挂彩，脏兮兮，浑身瘀青，皮肤擦伤，更不用说在最后几个人的咒骂下独自进入森林时的羞愧和寒冷了。但这一切都不算什么，无碍于树叶的美丽，它那棕色的手指、金色的手掌伸向我的身体，环绕着高雅野性的光环，为我降福。

事实上，怪物的全部力量都止步于森林入口处。让我感到沮丧的是，这力量在我体内延伸得很远，一直延伸到没有树叶、不再有森林的地方。战斗开始于门前，在充斥着电话尖叫声的没有窗户的房间里，在萦绕着羞耻、否认、背叛的走廊里。

而战斗的可怕之处完全在于它的界限：如果我发起战斗，我就赢了；一旦我不发起战斗，我便输了。可是，为了战胜恶魔而不得不击退恶魔、接近恶魔、触碰恶魔，这种想法恰恰构成了恶魔的力量；为了爱生命中的一片叶子而不得不击退死亡、再次穿越仇恨和毁灭，这种想法让我气馁，而且我经常放弃，忘记，退回到生活的遗忘中。我抛弃了叶子，所有的叶子也抛弃了我。

——去爱一片树叶所需要的所有力量都叫作克拉丽丝：一路走到窗前，让人在从想到死亡到死的路上都不再害怕。窗户打开了。它给了我们一只手，这只手能够带领我们穿过巴西贫民窟，穿过痛苦的小巷，穿过犹太人聚居区，穿过棚户区，这只手握住我们的手，能够透过炽热的记忆，在乱葬岗的另一端，找到一片充满欢乐的叶子。

而这不只需要通过窗户去看：还需要想着自己在看窗户，把窗户当作一个漫长、经历了深思的奇迹的透明框架，用一道又一道目光去发现窗户里保存的所有珍宝，在窗户前想起窗户里包含的魔术般地留给我们享受的所有礼物，在打开窗户后可能发生的一切，进入、离开、开始、等待、凝视，一扇窗户允许我们、提议我们、承诺我们的一切。

窗户：光之页。寺庙。眼睛祈祷的地方。通过克拉丽丝，用眼睛祈求的万物飞舞着进入我们的房间，通过克拉丽丝看到的万物轻盈地向心灵的窗户散布它们的存在，进出我们的灵魂，万物的灵魂经过我们，拼读出它们无形的感官，解释它们自己，向亲密的视线展示自己，而我们从内心感知到它们，如此敏感，如此深刻地洞察着我们深处的盲目。

因为在一扇如此耐心、如此开放、如此迅速地心怀感激的窗户的祈祷下，万物给出了它们最完美的同意，它们信任，并将它们通常隐藏在外表背后的难以捉摸的面目传递给我们，将自己一直散发到我们房间的深处，那近似一种香气，它到达我们身边，浸润我们的瞳仁，而我们的眼睛感觉自己在玫瑰初绽的美丽中呼吸，我们的眼睛都感觉到一朵玫瑰即将被看见，在初见时的绽放之前。

即使对我们来说，站到这片土地上为时已晚，而且环境过于昏暗，因此，看无法拥有觉知，但是在克拉丽丝的学校里，我们仍然可以学习鲜活地看；学习切近地看；学习预见。在克拉丽丝的眼中，这是如此清晰。从她的目光里，站在她的窗前，我们无法不观察到那些快速掠过的事物，它们在流逝中简直是来自神圣时代的年轻女孩，而我们看见了她们，在她们的形象到来，把我们和她们分开之前。

即使对我们来说，在这个世界的范围里已经不再有地方需要设法去看，而且我们每天都有许多可怕的理由对自己重申，现在已经不是看的时候了，那是白费力气，因为多年来窗户都只朝向灰色的墙壁，它们并不直接朝向乱葬岗，我们对自己说，如果我们在追随克拉丽丝的目光的过程中学到了关于“看”的理论知识，我们就会知道，这个世界上再也没有空间去寄托一道目光的思绪，再也没有橙子可以盼望，从战争到战争，黑夜从未停止升起，这里太冷了，太无法喘息，太血腥，因而祈祷没有意义。从我们开始识字时起，空气就浑浊不堪，散发着恶臭，根本没有机会去看见。呼唤无法穿透。看的念头就是疯狂。想要看见是一种无用的祈祷。

对我们来说，试图看见鲜活的事物只会让我们更加清楚我们的不幸。当历史向我们展示的只有狰狞和毁灭时，看的能力又有什么意义呢？

在如今，谋杀比声音更快：在我们的夜晚，对我们来说，已经来不及活着留在这里了，在这里，我们不再活着。

在如今这些日夜里，遗忘比馈赠更快。看的能力是危险的，因为长久以来，窗户只通向沉闷的亚光空间，通向封闭处。

对我们来说，这里已经太晚，无法赋予一种觉知，太孤独，于是我们会思考我们是否不再有时间等待：不再有时间思考，发生，开窗，让橙子的光芒照进夜晚的餐桌；如果说我们不再有时间去拥有一些时间，那是因为已经没有时间了，时间已经过去，对我们来说，模模糊糊中，时间的时间已经不在这里，剩下的只有死亡，死亡，我们不再有缓慢而温柔的时间，不再有凉爽、潮湿、柔软的时间去思考，让思考发芽、成长、开花，取而代之的是我们仅剩的残酷、匆忙、拖延，我们不再活在我们的时间里，我们在我们的生命之后以一种非人的速度存在着，冰冷的风吹向我们的灵魂，对我们来说，知道如何生活似乎是危险的，对那些知道如何相信的人来说，只剩下受苦、受累；懂得思考、观看、目光含笑是一种诅咒，懂得阅读、享受、命名、认识是一种不幸，身为人类是最大的灾难，现在，谋杀比爱更强大。

在某些夜晚，我们会害怕自己再一次活着醒来。有时我们被一个可怕的梦惊醒，我们梦见一朵玫瑰，它过于像真的，以至于惊醒了我们。看见一朵玫瑰让我们感到害怕。假如一朵玫瑰在灰烬之中幸存，我们会痛苦地颤抖。一朵玫瑰并非绝不可能幸存，的确如此。然而看到一朵幸存的玫瑰也许是最痛苦的事情？因为一朵真正的玫瑰会让一个真正的女人产生将它赠予其他女人的需要。一朵玫瑰的不凡就在于它精于奉献。在某些夜晚，如果我们走到窗前，我们会害怕窗外除了毒气室之外什么也没有。对我们来说，躲在房间里独自遐思，我们便再也不会生动地活着了。

——我们颤抖，有可能在死后继续存在吗？非活（invivre）？去除生活（Des-viver）？

——历史告诉我们，有可能。

与死亡分离，与生命分离，与一切分离，藏在我们的房间里，与星星分离，与所有的星星分离，无论是缝在天空的胸膛上的，还是缝在记忆中的，或是缝在犹太女人的胸前，在我们的地下室里。

——我们呼吸，我们有可能再也看不见一朵玫瑰了吗？

——历史强迫我们认为这是有可能的。气候如此干旱，如此炙热，燔祭连着燔祭，在这片土地上，有谁能等到相遇发生的那奇迹般的时刻呢？如果有一个橙子苹果在我们的灾难中向我们示意，有谁会回应它呢?

如今，在犹太橙（oranjuives）大屠杀之后的寂静中，近乎孤绝地，认出一朵玫瑰，在血橙灭绝之后，依然认得出一朵玫瑰，闻到它的芬芳在心尖上飘散，有时在我们看来，这就是疯了。

——有可能，我们已经不知道如何称呼一只橙子了?如何称呼女人们，当她们被展露出来?

——我们不再敢懂得——称呼。因为我们不再知道如何做才能不忘记生命同时又不回忆起死亡，我们不再知道如何从死亡中拯救生活，我们不再知道如何做才能不忘记死者而又不忘记生活，我们不再知道如何活着而不遗忘。

我们的内心没有空间去思考生命和死亡，我们没有勇气和艺术在死亡面前爱生命。我们忘记了。我们也不再懂得如何穿透灰烬的帘幕，用我们那双蒙着泪水的脆弱的眼睛活生生地去看，看一个事物、一种思想、一个人。

而有时，当我们过于靠近地闻一朵玫瑰，我们会害怕被吸引，被留在善意的圈子里，因为玫瑰闻起来温柔，即便凋谢，一朵玫瑰也散发着爱的气味，即便干枯，一朵玫瑰也散发着生命的气息，而我们或许是太软弱了，我们不能不担心；如果我们沉浸在这芬芳之中，我们将忘记臭味，将无法再闻烧焦的肉味，再也没有勇气。我们因害怕死亡而远离生活，留在圈子之外。

我们不再靠近，空间萎缩了，我们失去爱的空间，我们放弃我们的花园，我们的感官衰退了，我们失去味觉、触觉和嗅觉。我们弃绝了橙子：我们漂泊。我们不知道自己在做什么。在连绵的恐惧中，我们忘记了，我们不再敢活成一朵玫瑰。

——我们也许害怕一朵花呢？

——现在——我们似乎是这样的。我们害怕受伤。害怕受损。一个事物——一个生命。我们不再知道什么是看（re-garder）；我们不知道当我们看一朵玫瑰时我们在做什么；我们不再知道我们是在保留、遗漏还是回避；我们害怕自己不再懂得如何把玫瑰看待成玫瑰。毕竟我们是在大屠杀之后观看。在全世界活生生的橙子被投进围墙之后——对我们来说——当我们用目光浇灌一朵鸢尾花使它免于干渴，当我们见证一窝雏鸟的孵化、一首诗的诞生，我们都是在背叛，我们似乎仍旧在折磨死者。我们害怕走近一朵花就是远离一个女人——抚摸一朵花就是伤害一个女人——

现在，历史让所有伤害我们的恐惧成为可能——当我们去爱，当我们含情脉脉地看着事物显露自身，当我们带着爱意去观察一颗果实、一次生长，为女人恐惧，为花朵恐惧，为孩子恐惧，为我恐惧，为所有人恐惧。

——当我们长久地倚靠在心的窗口，在偏僻的房间里，我们担忧——当我们和一枝百合花亲密地生活了十天，而且它日复一日地送我们一枝新的花，它就会让我们想起一整段历史，想起一代又一代，每天都升起一批后辈——而当我们阅读一枝百合花的生命时，我们担忧了。如今。我们害怕自己再也不能，像从前那样，接近一个事物，再也不能，平静地，思考一朵玫瑰，爱，一只橙子，一个孩子，而不感到害怕，不至于太沉重、太快、太慢、不够慢、伤人。

当我们认识一朵山茶花的时候——一片山茶花的叶子需要三周的时间，在足够的渴望和保护下，才能穿透它的匣子——当我们在这有力、缓慢而微妙的揭幕节奏中慢慢地生活时，在这由深沉、潮湿的每一分钟组成的三周里，我们用非常轻柔的目光围绕着植物，我们滋润它，激发它——在我们看来，如果为了让它生长而照顾它足够久，·我们就有可能背叛它。我们害怕花时间，害怕打扰它，害怕失去它，害怕让它歪斜。我们不敢花时间让一个思想成熟，慢慢地抽出一根思想的枝条。在我们看来，一些似乎是酸的东西经常成为思想的代用品。在我们看来，我们在背叛，而如果说我们在背叛的话，我们又不知道我们在背叛什么。但至少，我们不认为我们知道。我们感觉自己思考得不足，还不够懂得如何思考，如何理解爱。

在我们努力活成一朵玫瑰的时候，一些橙子拒绝被强行蒙上面纱，一些我们从未见过的橙子走上了奥兰的街头，而我们在慢悠悠地探索极其丰富的成为玫瑰的方式，一朵玫瑰就能告诉我们的一切；五万只橙子，比以往任何时候都更少地被遮盖，它们现身于中心，揭开面纱，暴露自己，一些拥有现代勇气的橙子，敢于把自己交给思想，刺破千年长夜，敢于反抗对全体玫瑰的压抑。不惧怕用鲜血偿付光明。需要多长时间才能刺破最古老、最黑暗的夜？

在远离这里的地方，一些女人揭露了那些最封闭的城市里的生活，因此挨了刀子。而当一些陌生的橙子被刺穿、被撕裂，在倒下时大片大片地撕下波斯的黑夜，我们还在这里学习“hedjab”这个词的含义，我看着一朵玫瑰，便不禁要想，她们从那下面看到的玫瑰是什么样子，她们如何称呼它，以及，一朵玫瑰如今对她们意味着什么。我们拥有相同的血脉，然而血液在遥远的地方流淌。这种距离是一种伤害，远离我们的血液使我们感到恐惧。一切都是伤口。一切都在背叛。

可是，我们害怕自己因害怕想起一朵玫瑰而背叛整个生命。

然而，我们记不住玫瑰，只记得刺：也许如今，我们害怕在看到一朵玫瑰的时候不被玫瑰所伤。也许我们已经忘记了如何不忘记创造生命：我们背叛了自己，我们忘记。

但是一位朋友能回想起来。我们不会忘记我们的忘记。正因如此，只需一个目光强健的女人教我们如何朝着一件事物、一朵玫瑰、一个女人的方向去思考，而不杀死另一件事物、另一个女人、另一朵玫瑰，并且不忘记。只需克拉丽丝——让历史不再将我们与生活分离。

她提醒我们——她呼唤尚未到来、即将到来的生命，她让它来到我们面前。她让我们想起我们不曾想过、不再想、从未想过的那个人。她给我们那个要我们去想、去爱的东西。克拉丽丝是一个女人的名字，这个女人用她自己的名字称呼生命。所有让我们想起生命的女人都让我们想起克拉丽丝，她们都用克拉丽丝的名字称呼生命。生命叫作克拉丽丝，但这不是生命唯一的名字（我还把生命叫作朋友）。每当我们想起去爱，克拉丽丝就会重现。克拉丽丝是一个罕见而又普通的名字。一个从不会弄错的名字。一只出于对自己的忠诚，摘下自己面纱的橙子的名字。当一个女人自称克拉丽丝时，她不会忘记。

克拉丽丝揭去我们的面纱；我们打开了窗户。

我抬眼望向克拉丽丝的目光，它们斜靠在窗户的干净锋利的边缘，在她飞斜上扬的双眼中，我看见窗户的本质。只要有一个克拉丽丝睁开眼睛：

提醒我们不该忘记的一切，必须接近、缓慢穿越、尊重的一切，好让我们知道一朵花对一个女人的目光来说意味着什么。

为了让一朵唯一的玫瑰存活：应该经历的一

切，应该知道的一切痛苦，应该承担的分离、品尝的屈辱；应该享受过、逃离过、学习过的一切，应该失去过、拯救过、敢于思考过、哭泣过的一切，所有的苦难，所有的耻辱，所有令人陶醉的人类珍宝，沉思过、珍惜过、战胜过的一切；所有非人的残忍、阴谋，被识破、被烧掉的一切；所有地狱般的建筑、难以名状的气味，被感受到的一切——直到这些东西抵达你的灵魂深处，你才会理解能够爱一朵玫瑰是多么必要，才能理解一朵玫瑰想要告诉我们的一切，这是多么困难啊，在抵达一朵玫瑰的面前时，仍保有足够的生命力、足够的人性，未损坏、未干燥、未经消毒，才能拥有看见它的力量，并从它那里接收它秘密守护的生命的指令——这几乎不可能，但又必须找到力量去充分了解一朵玫瑰，必须拒绝忽视一切，必须要求了解一切，必须强迫你朦胧的泪眼凝视一切，才能领会一朵玫瑰的身躯中蕴藏的真意。必须看见生命受折磨、被毁容、流血，听到生命在历史的沉默中哭喊，喘不上气，感受生命的绝望、但求了结，才能知道一朵玫瑰的生命意味着什么：每一朵幸存的玫瑰都拯救了一个生命。每个生命的存活都有赖于一朵玫瑰的存在。我们需要一朵玫瑰的爱。无论是客观上还是主观上。每一朵真正被看见的玫瑰都是属人的。人道地爱一朵玫瑰需要长期的劳动，需要经历过难以为继的生活：然后，当难以为继的生活消耗掉我们全部的耐心，一朵玫瑰将在那一刻将耐心返还给我们，带着适宜的激情。

为了赠出一朵鲜活的玫瑰，为了让一朵玫瑰蕴含的无限的柔情能够历经四十种悲伤传递给蒙面纱的女人而不使她们失望或蒙受冒犯，为了完成一朵玫瑰的馈赠，必须有勇气让所有难能可贵的知识得到增长，需要所有会折磨我们、惊吓我们、磨炼我们的知识。

在克拉丽丝的学校里，我们学习成为一朵活着的玫瑰和许多座集中营的同代人。很快地，玫瑰的生命充盈了我们，溢出我们之外，我们需要把它给予出去，去爱别人。我们需要把它送给别人去爱，但愿女人们在这生命中被爱。

一个克拉丽丝打开了：向万物散发出如此多明亮、温柔的目光，即使是最隐蔽、最稚嫩、最脆弱的事物，也任由自己被发现、被认出，在窗户的狂喜中被留住片刻。

克拉丽丝的光将我们引向何处？——外面。墙的外面。我们城市的围墙外面。这是一些由我们的魔鬼和荒谬建造而成的堡垒。一只美丽的手牵起我们的手，一只快乐的手引领我们。远离住在我们自己房子里的死人——这是一个幻想族群，墙为他们不透明地修筑起来。克拉丽丝之手将这些居住着仅剩的活人的空间还给了我们。在外面，深邃和潮湿的内部。

——在相信的森林里。那里是向日葵一般的树诞生的地方。在狂喜之树的最高处。而且我们相信那上面不止一棵树，只要爬上去，就会有一整片狂喜之树的树林，它的本质是转瞬即逝而又复现。

——在心的峰峦上，在世界的亲密中，像母亲似的大姐姐那样忠诚的事物了解我们，让我们向她们提问，回答我们；玫瑰经过，将它们的生命之酒倒在我们的手上。在里面，大地几乎轻盈如天空。在心灵的学校里，天空显现出空气的珍珠光泽。而在内部的空气中，回响着路人安静的脚步声，我们突然那么迫切地要对他们说："你在吗？"这样他们就会对我们说："是的，我在，是的。"

魔术师的声音教会我们召唤。让那些瞬间来来去去，那些之前不为我们而来的事物到来。声音向我们展示，如何让那些从这里经过、远离这里的事物在这里出现。它教我们如何接近。如何接近每个“你”的一万五千个面相。用“你”称呼每个事物。让自己被生命的每一刻呼唤和提醒。“噢，你啊，一生！①”每一种语言里都有一种声音，每种声音都有另一种色彩、另一种甜美，从中呼出神奇的气息，“声音！②”向前伸出神奇的手，伸入未知的空间，陌生的手掌充满通向众生的羊肠小径，充满馈赠给事物侧面的爱抚，伸出那只满是道路的手，手中带有一万五千种担忧去面对与一只苹果的相遇，极天真也极有力，那样激昂，仿佛它要摘下月亮；那样矜持，隐入极致的轻盈，仿佛它要抓住一只蝴蝶的翅膀！噢！朋友③！朋友！每一首歌都有另一双耳朵，用来聆听每一朵玫瑰的呼唤；为了认出每一件事物，创造出那只触摸一万五千次的手，那触摸不比时间的敲击更重。

---

① 原文为德语：O du Lebenzeit!

② 原文为意大利语：voce!

③ 原文为西班牙语：Amiga! 指女性朋友。

如何克拉丽丝式地召来事物；这是所有感官漫长而充满激情的工作。前往，接近，轻触，停留，触摸，引入，呈现，——给予，——获取。把事物召来我们身边，这就是它的工作，把事物还给事物，第一次把每个事物给我们，把每个事物的第一次还给我们，把失去的第一次还给我们——从每天第一杯咖啡开始的第一次品尝，第一口滋味被加强了。像我们小时候，母亲的微笑永远是第一次，痛苦的第一次，独一无二，幸福的那个微笑。这是艺术。克拉丽丝的呼唤启程了，去寻找那件在无窗的空间里维持着的、几乎不存在的事物，在无目光的空间里几乎无脸地游荡着的事物，呼唤会带给它所有的名字，让它在没有存在感的空间之外颤抖，让它回到自身，然后，它会聚集在自己身边，开出花瓣，围绕自己的心鼓胀起来，变红，匆忙地制造出第一张脸。然后，成为玫瑰。

名字是她放在空间上的手，如此强烈的温柔，直至最后，一张脸露出微笑；她用双手捧起你的脸，你的脸[①]，把它凑到她的唇边，她微笑着从壶

① 原文为葡萄牙语：teu rosto。

里喝水，她喝下微笑，然后，她让我们看见了脸。

触摸玫瑰的心，这是女人的工作方式：触摸事物鲜活的心，被触摸，在近旁生活，以温柔、细心的迟缓伸向要触摸的区域，慢慢地让自己被一朵玫瑰的吸引力带走，吸引到玫瑰区域的深处，在芬芳的空间里长久地停留，学会让自己被事物赋予它们自身最鲜活的东西。

我们忘记了，这个世界在我们之前就存在。我们忘记了，万物如何先于我们而生，群山如何在我们看见之前拔地而起；我们忘记了，在我们想到命名和辨认之前，如何称呼植物；我们忘记了，是植物召唤了我们，当我们想要叫出它们的名字，是植物来到我们盛放的身体面前，转向我们生长的欲望，以被我们发现，它们的整个生命都悄悄地移动到我们的疏忽之外。它们散发光芒，让自己被看到。我们每天经过。就好像我们身边什么也没发生似的。有时，在我的办公室里，在离我很近的地方，会经过一朵玫瑰，离我的脸只有一米，我却离它很远，几扇窗户从内部被封住，我闻不到它，它用玫瑰的脚步经过，在它经过的时间里我注意不到它，我做不到。有时，我来得太迟，我哭了。我们在生命面前经过，却没有和它生活。我们和它一起生活了很久，却看不见它。

克拉丽丝对着一个存在微笑了十五年，对这个存在来说，克拉丽丝只是微笑，从未露出牙齿。

——但这也许是另一个故事。

为了开始看见一张脸，为了遇见，为了从无数张脸中接受几张脸——它们在一张鲜活的脸的轮廓下闪耀，难道不应该充满激情地望向那无数张脸，经年累月、日复一日地更新你目光的光吗？

——为了开始看见？可我们忘记了开始看。我们难以置信地分心。那么，我们经历的生活在哪里呢？

要让一朵玫瑰来到我们身边，就必须让它明显地跳到我们眼前吗？

必须长久地挖掘一片沉默直至最深处。必须在时间里为一朵玫瑰的瞬间开辟一个空间。要塑造唯一且不可计数的一次注视，它足以笼罩并覆盖一朵真正的玫瑰所承诺的上百朵玫瑰的绽放所展开的空间。

然而，有一个小时，我知道了如何注视一张我多年来日思夜想的脸，而且在突然间，我第一次看见了它：我终于让它向我展示了它最完美的脸，这是全新的一次，最终我任由自己被震惊。在那一刻，我既不饿也不渴，我只是平静，我如此轻盈，我几乎要被遗忘，突然，我发觉自己在那里，在属于它的空间里，在它附近，我在接近，那张脸跃起。

在一张脸中看见灵魂，这是有可能的，只要我们能够超越欲望去爱，在爱的另一端去爱。这很少发生在我们身上：在我们的时代，我们太冷、太渴，我们沉闷、不安。我们等待。我们想要等到它。我们不知道如何等待对方：我们的等待会进攻。我们被逼迫，我们操之过急，事物就逃走了。

一些女人能够敞着窗户却不窥视。这时，一座花园进来了。只会发生意外之事。看到从克拉丽丝的窗户进入的一切，看到数量惊人的各类事物，各类人种、植物、动物，各种性别，各种文化，我们会感觉到，窗户是以怎样强烈的爱的力量敞开了自己，以多么令人惊慌的喜悦敞开了自己，好让自己在骤然间被接近。只有这样，美才会到来。通过这扇大胆的窗户。美丽的事物只会意外地到来。使我们高兴。让我们意外，成为惊喜，这是双倍的美丽。当没有人发现它们的时候。在我们看来，它们涌向我们，它们是神的行动：然而当它们进来，我们从它们的微笑中看见，它们是克拉丽丝的行动。

阅读女人？听着：克拉丽丝·李斯佩克朵。克拉丽丝就这样第一个到达；跳到我们上方，到我们前面，箭矢、飞跃、豹子、着陆。在运动中，她名字的颜色显然是李斯佩克朵橙（lispectorange）：一种略带红色的橘色，小柑橘皮的颜色。然而，如果我们用柔和的手捧起她的名字，并且谨遵荚果的指示和它内在的天性将它展开、去皮，就会发现里面有几十颗小小的荧光晶体，它们共同映射在女人们使用的所有语言中。克拉丽丝李斯佩克朵。克拉。丽丝李斯。丝李斯。李斯佩。克拉丝佩。克拉丽丝佩。克拉丽丝李斯佩。——克拉——丝佩克——朵——李斯——意丝李斯——以斯佩——拉丽丝——李斯佩克朵——克拉丽丝佩克朵——克拉裸——李斯朵——笑——克拉笑——尊重——遵重——克拉遵重——冰——克拉李希[①]——噢克拉丽丝，你是你自己：光的声音、鸢尾、目光、闪电、我们窗户周围的橙色的克拉丽丝闪电（éclaris）。

---

① 此段对克拉丽丝·李斯佩克朵的名字中的音节进行了大量地拆分、组合，偶尔会拼凑出现成的、有意义的单词。原文如下：Claricelispector. Clar. Ricelis. Celis. Lisp. Clasp. Clarisp. Clarilisp. —Clar—Spec—Tor—Lis—Icelis—Isp—Larice—Ricepector—clarispector—claror—listor—rire—clarire—respect—rispet—clarispet—Ie—Clarici.

在一只苹果的启发下

这是一个几乎不可思议的女人。更确切地说：一种几乎不可思议的写作。爱因斯坦说过，有一天世人将很难相信，甘地这样的人曾真真切切地存在于这个世界。

克拉丽丝·李斯佩克朵，人们很难相信却会乐于相信，她存在过，就在我们身边，在昨天，她远远地领先于我们。卡夫卡是无法追上的，除非……是被她。

如果卡夫卡是女人。如果里尔克是一个出生在乌克兰的犹太裔巴西女人。如果兰波当过母亲，如果他活到了五十岁。如果海德格尔能够不再是德国人，如果他写了尘世的小说。我为什么提到这些名字？为了努力描出范围。从那里开始，克拉丽丝·

李斯佩克朵写作。在最苛刻的作品歇息的地方，她前进。然后，在哲学喘不上气的地方，她继续前进，走得更远，超越一切所知。在理解之后，一步一步，颤抖地走进这个世界令人发抖的不可理喻的深度之中，伸出细腻的耳朵，聆听星辰的声音、原子的轻微摩擦声、两次心跳之间的寂静。注视这个世界。她保有无知[①]。她没有读过什么哲学家的书。然而，我们有时候真的能听到他们在她的森林里呢喃。她发现了一切。

一切与人类激情相悖的运动、对立面之间痛苦的联姻，它们构成了生活本身，恐惧与勇气（恐惧也是勇气），愚蠢与智慧（一个也是另一个，就像美女也是野兽），匮乏与满足，渴即是水……所有的秘密，她都向我们揭示了，将通往世界的数千把钥匙逐一地交给了我们。

以及这种重要的经历——尤其在现在——因持续的贫穷而贫穷，或因持续的富有而贫穷。

在那里，思想停止思考，转而变成快乐的飞翔，那就是她所写的。当快乐变得如此强烈以至于

① 李斯佩克朵在访谈中常常表示她很少读书。

造成痛苦，那就是这个女人给我带来的痛苦。

以及在街上：走过一个俊美的男人、一个老女人、一个红发少女、一条难看的狗、一辆大汽车、一个盲人。

而在克拉丽丝·李斯佩克朵的注视下，每个事件破壳而出，普通之物敞开自身，展露它的全然普通的宝藏。突然间，就像一阵风、一把火、一咬牙：生命来了。

目光坚韧、声音挣扎，写作是为了重新取出、挖掘、不忘却什么呢？活物，地球上我们的“栖居处”中无法穷尽的奥秘。那得有多少呀！各种领域、物种和存在。一切存在之物都需要被拯救，需要被从我们日常生存的遗忘中拉出来。在这里，通过这部作品，一切都回来了，一切都平等地回到了我们身边，从最灿烂的到最平庸的，一切平等：一切都有权被命名，因为它存在。椅子、星星、玫瑰、乌龟、鸡蛋、小男孩……她母亲般地关心所有种类的“孩子”。

与所有最伟大的作品一样，这部作品是一段学习，是谦逊，无止境的惊奇，同时也是给读者的一堂课。灵魂的再教育。这部作品让我们回到了世界的学校。作品本身既是学校，也是学生。因为写作的人并不知道。这不妨碍写作在不知不觉中呈现真理，正如有些时候，我们一边摸索着黑暗，发现预料之外的身躯，一边创造出光亮。

写作：用词语的末梢轻巧地触摸奥秘，尽量不把它弄碎，从而去除谎言。

我们不用担心：她也写故事。一个有钱的年轻女人遇到了一个乞丐。六页纸的《福音书》或《创世记》。不，我没怎么夸张。

一个女人和一只蟑螂：这就是名为《G. H. 受难曲》（*La Passion selon G. H.*）的重新认知剧（drame de la Re-connaissance①）的主角。我来为您讲述？她（一个用名字缩写 G. H. 或用写作来指代的女人），也就是激情，从女仆房间开始。在一面白色的墙上，描绘出一个女人的轮廓。她前进。一页页地、稳定地、匀速地前进，直到最后真相大白。每一页都像一本书一样完整。每一章都是一块

① Reconnaissance 这个词在文中反复出现，它的另一个意思是“感激”。这种双重含义适用于全文。

土地。去探索。去穿越。每一步都让主语“我”更加远离它的“自我”。每一步，一堵墙。打开。一个错误。被揭开。G. H. 遇到了一只蟑螂。但这里不存在什么怪异的“变形”。恰恰相反，对 G. H. 来说，这只动物是一个物种的真实代表，这个物种从史前时代起一直保持着蟑螂本色。生命的一部分，令人恐惧，令人厌恶，又因它对死亡的抵抗而令人钦佩。对于这具躯体，这具她敢于、必须、又不愿杀死的他者的躯体，她强烈地要求了解生命的秘密，了解人类存在之前的不死的物质。什么是生死？如果它不是人类的精神建构，不是自我的投射？人类存在之前的生命不知道死亡。G. H. 的激情穿越了甲壳，所有的甲壳，直到无限的、中性的、非人的物质……

不，我什么也没有对你们讲述。必须一个字一个字地跟随她向底部上升。是的，跟着她，下降也是上升。

也许我们现在是她的孩子了？

现在，我要下降至尘世的星辰中，它们在《星辰时刻》（*L'Heure de l'Etoile*）这本书里微弱地闪烁着。

真理作者

我总是幻想着伟大作家的最后一个文本。这个文本会是用最后几分力气、最后一丝呼吸写成的。在死前的最后一天，作者坐在大地的边缘，双脚轻飘飘地踏在无限的空中，他看着星辰。明天，作者将成为群星中的一颗星星，所有分子中的一个分子。最后一天是美好的，对懂得如何度过它的人而言，他处在生命最美好的几天中的一天里。在那一天（我应该说在那几天，毕竟最后的一天也可能是好几天），我们以众神的目光看见世界：我终于将成为世界诸多奥秘的一部分。坐在大地边缘，作者已经几乎什么人也不是了。那些来到他的心里和唇边的句子是从书中解放出来的。它们像作品一样美，但永远不会被发表，在星星的沉默迫近时，它们忙乱起来、汇聚起来，说出了本质。它们是对生命崇高的永别：不是哀悼，而是感谢。“生命啊，你是那么美丽。”它们说。

我曾写过一本书，书名叫作《柠檬水，无穷无尽》（*Limonade tout était si infini*）。这本书思考了卡夫卡最后几句话中的某一句，是他临死前写在纸上的。当时，他的喉咙灼痛，不再大声说话。一个句子从那个无法言说的地带来了，在那里，一些最本质的东西，最微小的、无穷尽的东西被说了出来，无声却明晰，我们无法轻快地向外界表达它们，因为它们是如此脆弱，如此美丽。

这句话是，Limonade es var alles so grenzenlos[①]。

对我来说，这就是诗，是狂喜和遗憾，单纯的生活之心。结局。结局中的结局。第一道解渴饮品。

最后的作品都是简短的，滚烫如伸向星辰的火焰。有时它们只有一行。它们是用一种柔情写成的作品。一些重新认知的作品：认知生命，认知死亡。因为正是从死亡开始，也正是拜死亡所赐，我

---

① 德语，即：柠檬水，一切如此无穷无尽。

们才发现了生命的光辉。从死亡开始，我们想起了生命蕴含的宝藏、它所有生动的不幸和享受。

有一个文本，它就像一则审慎的诗篇，一首对死亡的恩典之歌。它的名字叫《星辰时刻》。克拉丽丝·李斯佩克朵写下它的时候，她在这个世界上几乎已经微不足道了。在她无边无际的位置上，铺开了巨大的黑夜。一颗比蜘蛛还小的星星在那里散步。从近处看，这个微小的小东西原来是一个渺小的人类，重约三十公斤。但从死亡或群星的角度看，她和世界上任何一件事物一样大，和我们星球上任何重要之人或无名之辈一样重要。

这个渺小的、几乎不可称量的人名叫玛卡贝娅：玛卡贝娅之书极其纤薄，看上去就是一本小册子。它是世界上最大的书之一。

这本书是由一双疲惫而充满激情的手写成的。克拉丽丝在某种程度上已经不再是一个作者、一个作家。这是最后的文本，它在之后到来。在书之后。在时间之后。在自我之后。它属于永恒，属于在我之后的之前的时间，没有任何事能够中断它。它属于这个时间，属于这个秘密的、无限的生命，我们只是这个生命的片断。

《星辰时刻》讲述了人类生命中一个微小片断中的故事。忠实地讲述：微小地、片断化地讲述。

玛卡贝娅不（只）是一个虚构人物。她是进入作者眼中的一粒尘埃，引发了眼泪的洪流。这本书是由玛卡贝娅引起的眼泪的洪流。它也是无限且谦逊的问题的洪流，这些问题不要答案：它们要生命。这本书自问：什么是作者？谁配成为玛卡贝娅的作者？

这本“书”对我们低语：生活在作品里的生命难道无权拥有它们所需要的作者？

玛卡贝娅需要一位非常特殊的作者。出于对玛卡贝娅的爱，克拉丽丝·李斯佩克朵创造出必要的作者。

《星辰时刻》，克拉丽丝·李斯佩克朵最后的时刻，是一本既小又大的书，它会爱，它什么也不知道，甚至不知道自己的名字。我甚至不想说出书名。《星辰时刻》是如此目不识丁，因而不知道自己的名字吗？没有能够被恰当地说出的书名，在许多书名中犹豫。作为“书名”，在无数个书名中犹豫。这是一本称呼可能会因时而变的书：

错在我——或——星辰时刻——或——她摆脱了——或——尖叫的权利——克拉丽丝·李斯佩克朵——至于未来——或——蓝调的哀歌——或——她无法叫喊——或——一种失落感——或——阴风里的呼啸——或——我什么也做不了——或——前情记录——或——绳书[①]上的催泪故事——或——从尽头的门悄悄离开。

这本书也可以叫作：克拉丽丝·李斯佩克朵。或者更准确地说：署名克拉丽丝·李斯佩克朵。克拉丽丝·李斯佩克朵的签名列在《星辰时刻》的可能标题之中。模仿的签名。原签名的摹本。作者（如果说克拉丽丝·李斯佩克朵是作者）自己的名字的字母（的复制版）有可能是这本书的书名。可能是这本书的专有名称之一。如果我们可以说克拉丽丝·李斯佩克朵的签名的影印版仍然是她自己的名字的话。除非在犹豫的过程中，克拉丽丝·李斯佩克朵的名字夺取了其他拟议书名的价值。

又或者如果《星辰时刻》被称作克拉丽丝·李

① Cordel，绳书文学，又叫科德尔文学，是流行于巴西东北部贫穷地区的一种文字形式，包含民间故事、诗歌、歌谣等，因商贩把它们印制成廉价小册子挂在绳子上销售而得名。

A HORA DA ESTRELA

A CULPA É MINHA
OU
A HORA DA ESTRELA
OU
ELA QUE SE ARRANJE
OU
O DIREITO AO GRITO

Clarice Lispector

.QUANTO AO FUTURO.
OU
LAMENTO DE UM BLUE
OU
ELA NÃO SABE GRITAR
OU
UMA SENSAÇÃO DE PERDA
OU
ASSOVIO NO VENTO ESCURO
OU
EU NÃO POSSO FAZER NADA
OU
REGISTRO DOS FATOS ANTECEDENTES
OU
HISTÓRIA LACRIMOGÊNICA DE CORDEL
OU
SAIDA DISCRETA PELA PORTA DOS FUNDOS

这张图片是原版《星辰时刻》的扉页，列举了这本书的一些备选书名，这些书名的中文翻译可参见人民文学出版社出版的中文版，闵雪飞译。

斯佩克朵，我们可能会认为这本书是克拉丽丝·李斯佩克朵的传记。这会是她的故事，一份遥远的自画像，比寻常的自画像离画像的模特更远。

或，打败所有书名的衡量标准的词，也是书名之一。

这就是在书名方面称得上异常丰富的一本书了。但这丰富是毁灭性的。这么多的书名，太多了。如果说一个可以取代另一个，那么每一个都在取消其他的，也被其他的取消。而这道理也适用于故事中的人物。这些人物会难以为自己扬名，难以将自己提升到能在登记名册上登记的程度。这个故事里的人物不会是一个均质系列中的简单样本。

然而，她（那将会是一位女性）只存在于被命名、获得登记许可的层面之下，她不知道如何企求许可。

她无足轻重。“称作”，这已经带来很多殊荣。把自己当成某物。甚至当作某人？

从书名开始，《星辰时刻》已经很谦虚，很不起眼了。一种“随便你”的感觉。

那么，一个书名？如何选择一个书名？在这个世界上，角色的卑微的影子勉强地生长，选择是富人的特权。对从未拥有过任何东西的女人来说，有东西可选是一种暴力——一种殉道。她因此什么都不想要又想要一切。对她来说，选择一个蛋糕就意味着失去所有未选择的蛋糕。她不知道如何选择，因为知道如何选择是富有者和自由者的学问。于是她犹豫着，等待着。不选择。您，您替她选择，把她从不可能的自由中解放出来，那自由突然奴役她，差点将她压垮。

因为对于玛卡贝娅这样微小的存在，一个书名等同于另一个书名。

一个女人等同于另一个女人。

另一个？他者！啊，他者，这就是奥秘的名字，这就是你的名字，这份渴望，克拉丽丝·李斯佩克朵的所有书都是为了它而写。将爱的他者。让爱经受考验的他者：如何爱另一个人、陌生的人、未知的人、完全不是我的那个人？罪犯、资产阶级、老鼠、蟑螂？一个女人如何可能去爱一个男人？或另一个女人？

《星辰时刻》因所有这些奥秘而颤动。

接下来是关于这本书的一段不重要的思考，这本书从许多书中脱颖而出，孩童似的，摇摇晃晃地走进我们心里。

现在，我将改变语调，以更冷静一些的口吻来谈论这神圣的火花。

H. C.

想象一下，对每个女人、每个男人来说，那个最可能是他者的人，那个在可认知的范围内对我们来说可能最陌生的女人，那个有可能是地球上最陌生的，同时又能“触碰”到我们的女人，她是怎样的？每个人都有奇特的人称代词。对克拉丽丝来说，那会是来自东北部的一个微小的生命碎块。东北部变得名声“显赫”：能在那里吃到老鼠都算走运了！那片土地上如今还有人饿死，那是西方的印度。这个人物来自世界上最贫乏的地区之一，对克拉丽丝来说，就是要在这上面做文章：这个人物一贫如洗、无所继承，甚至是一无所有、毫无记忆——但没有患健忘症——如此贫穷，贫穷遍布她的生命，血液是贫穷的，语言是贫穷的，记忆是贫穷的，然而生来贫穷并不意味着被削弱了，这就像是一个人属于另一个星球，在那个星球上，人们无法通过一种交通方式来到具有文化、饮食与满足感的星球。

克拉丽丝选择的“人物”近似女人，是一个勉强算女人的女人。而她是如此勉勉强强地算一个女人，以至于她也许比任何女人都更女人，更直接地是女人。她是如此微小，如此微不足道，她勉强够得上是一个存在，仿佛她与大地上的生命的最初表现形式有着近乎私密的关联；她是草；她终化为草，像草一样。作为草，作为细枝般的女人，她在身体上和情感上都完全处于造物的底层，处于开始和结束处。因此，比起我们这些又白又沉重的人，她更直接地展现了所谓“做女人”的最细微的元素，因为和那些极度贫穷的人一样，她非常细心，并且也让我们注意到那些无关紧要的东西，它们是我们最基础的财富，我们因为拥有了普通的财富而遗忘、抑制了它们。当她发现一种欲望或食欲，或者当她在人生中第一次品尝一个对我们而言已是粗茶淡饭的食物时，这对她来说就是不同寻常的收获和奇迹。而她的赞叹为我们带回了失去的细腻。不要扔掉塑料瓶，它是珍贵的。

为了能够尽可能贴近地谈论这个女人——克拉

丽丝不是这个女人，我们不是，我也不是——或许正如文本在某个时刻讲述的那样，作者应该是在前往市场的路上偶然遇见了她，克拉丽丝·李斯佩克朵必须进行超乎常人的练习，移动自己的整个存在，将它变形，与自己拉开距离，以此尽量更接近这个如此渺小、如此透明的存在。而她做了什么来让自己变得足够陌生呢？她所做的——除非这不是“她”——就是尽可能地不同于她自己，这就产生了一件绝对引人瞩目的事情：这种情况下最有可能的不同就是变成男性，变成一个男人。悖论式的办法。于是，为了更接近这个近似女人者，我们在文本中看到“我”（克拉丽丝）已经有好几天没有刮胡子了，也没有踢足球，等等。“我”变成了男性，而这种男性化使她变得贫困。变成男性——我们猜测她的想法——是一种贫困化。但就像克拉丽丝·李斯佩克朵的所有贫困化操作一样，这是一种好的运动，一种苦修，一种为了获得陌生的快乐而抑制某些享受的方式。此外，这个男人也“僧侣化”了，他放弃他的权利，变得顺从。双重贫困化。

关于这种弱化的必要性，身份尚有疑问的作者决意做出一些解释。“我”说：没有人可以谈论我的女主人公，只有像我这样的男人才能谈论她，因为如果她是“一个女性作家”，她会“娇弱地啜泣”。狡猾的说法，对大男子主义的粗略模拟。然而，这种伪装是合理的。作此陈述的作者究竟是什么令人不安的、混乱的物种，竟没有说出自己的性别？这便让人梦见一个踏着杂技步法的梦。

写下这个文本的“男人”是怎样的？不。写下这个文本的男人是怎样的？不。能够写出这个文本的作家是什么性别的？不。能够写出这个文本的我是什么性别的呢？或：文本是否决定作者的性别？我要说一说隐藏在文本里的性别，想象的性别。或：谁是作者的作者？我要说：谁创造作者？

这就是作者受迫于一个极其严苛的主语时会遭遇的事。这个主语自问：在这个时刻，我是谁？我是谁们？一群扇动着两只翅膀的问题，一只翅膀黑，一只翅膀白，一只他（il），一只她（elle），一只岛（ile），一只精灵（el）……

想知道我是谁的人们疯了……

而也许，这是矛盾地正确着的——，来自一个神奇的真理，在《变形记》中运作的真理——这是一位正在变形、正在形成的长胡子的作者。

[此外，他拥有已衰竭的人格，他不再是那个战胜大众媒体的作者，他处于生命的尽头，他告诉我们，除了写作他什么都没有了，他只有这个。]

正是作为临终的男人，作为一个光秃秃的存在，放弃了包括足球在内的一切享乐，克拉丽丝，不，他，找到了和这个细枝般的小女人之间最具尊重的距离。

人们思索：为什么不可能是作为女人？某个我替克拉丽丝回答：一个女人可能会产生怜悯。（“温情催泪”是一种令人赞叹的时代特色。）而怜悯不来自尊重。何况最高的价值是不怜悯，一种充满尊重的不怜悯。在开头的几页中，作者说他有权不怜悯。（我，H. C.，试图摆脱性别的限定，发现自己不得不使用不定冠词）。怜悯具有扭曲性，是家长式的或母性的，它涂抹，它覆盖，而克拉丽丝·李斯佩克朵在这里要做的，是让这个存在赤裸地处在其渺小的伟大中。

但是——我要迈出额外的一步——我像某个克拉丽丝那样作弊，告诉您我要告诉您的事情：是的，一个不刮胡子的男人，一个即将走到生命尽头的男人，一个将会只剩下写作的男人，一个失去所有世俗野心的男人，一个只剩下爱的男人（必须找到那个男人），他可以确保这种无情的状态。只是，这个男人就是克拉丽丝，何况——这也是她的天才之处——她也说了出来。文本从如下献词开始：

DEDICATORIA DO AUTOR

（Naverdade Clarice Lispetor）

然后，献词在音乐的记号下展开：

作者（实际上是克拉丽丝·

李斯佩克朵）献词

好吧，我把这个东西献给老舒曼和他甜美的克拉拉，他们如今已成枯骨，可怜的人。我把自己献给红色，十分鲜亮的红，如同我这个壮年之人的血，因此，我也把自己献给我的血。我尤其要把我献给居住在我生命中的地精、矮人、风神、水泽仙女。我把我献给对我过往贫穷的怀念，那时一切都更简朴、庄重，那时我还不曾吃过龙虾。我把我献给贝多芬的《暴风雨奏鸣曲》。献给巴赫中性色彩的颤动。献给肖邦，他使我骨头酥软。献给斯特拉文斯基，他让我惊恐，我与他在火中飞舞。献给《死与净化》，理查德·施特劳斯在其中向我揭示了一种命运？我尤其要献给今天的前夜，献给今天，献给德彪西透明的薄纱，献给马罗斯·诺布勒，献给普罗科菲耶夫，献给卡尔·奥尔夫，献给勋伯格，献给十二平均律，献给电子仪器刺耳的叫喊——献给我身上以可怕的方式抵达意外之地的一切，献给我们所有预言现在的先知，他们也为我做出了预言，就在这一瞬间，我爆炸成为：我。

我们从“作者（实际上是克拉丽丝·李斯佩克朵）”那里收到了所有的示意和警告。这个文本的作者是一个在括号中小心翼翼地用第三人称介绍自己的人。作者并不简单——不存在真正的作者，只有一个悬浮在括号中的作者。作者是有所保留的——作为真理——真理是被保留的。成为真正的作者就是待在保留之中。在旁边。文本并非毫无保留。它富含真理，但又隐晦。

克拉丽丝·李斯佩克朵，（这本书）封面上的作者，是这个作者的真相，但像每个真相一样，她保持神秘，无法被认知。而她可能逃走吗？我们只知道她在那里，像胸腔里的心脏，我们听见她生命跳动的节拍。克拉丽丝·李斯佩克朵的真相是什么呢？（在这对括号中还将打开另一对括号，那里挤满了地精、西尔芙、梦、马，各种各样的生物。）

她在那里向我们指出的是我们存在中的一大奥秘，这个奥秘在现实生活中总是隐藏得太深，毕竟我们都在生活的舞台上被分配为男人和女人，我们把自己装作男人或女人。作者（克拉丽丝）就在文中通过“说出自己的名字”进一步说出：只有“我”，“罗德里格·S. M.”，才有可能爱这个女孩。至于“女孩”，在文中，她在很晚的时候才有了名字，她像野草一样长得很慢。我，“罗德里格·S. M.”，我实际上是括号中的克拉丽丝·李斯佩克朵，而只有作者“（实际上是克拉丽丝·李斯佩克朵）”才能走近这个女人的开端。这就是不可能的真理。这就是*无法表述、无法论证的真理*，只能在括号里被说出，在副标题里，缩进去，在好几层存在之间，一层作用于另一层；不可能的真理，它在哲学的法庭上无法自圆其说，无法通过单一逻辑的讨论或大众传媒宣传的想象。真理，就是一个女人，像心脏一样在生命的括号中跳动。在这个疑点上，无法作答的我的身份无法描述地颤动着，正是在这个疑点上，人类世界分成了两个阵营。要么您理解它，要么您不理解。或者，或者：有两个宇宙，而这两个宇宙不相通。要么您感觉到，要么您感觉不到。正如克拉丽丝在献词结尾所言，也正如她时常所说：

人无法证明更真实的东西是否存在。诀窍在于相信。在哭泣中相信。

那么，相信是一种技巧吗？或者说技巧就是一个关于信仰的问题。是的。正是这样。两者都是：关键在于飞跃。从逻辑的王国转向活生生的证据。失去保障，才能一下子得到真理。信仰的诀窍。诀窍就是我们找不出名字的东西。

或者我们也可以在哭泣中相信，那时候，我们就可以生活在这样一个世界里：男性和女性相互遇到，彼此交流，相互爱抚，相互尊重，很难找到准确的话语来描述这些差异，但他们就生活在这些差异中，而正如本文开头所说，如果男性和女性相处融洽（——我不能说相互理解，因为他们并不相互理解），那是因为两者身上都有一部分女性，也都有一部分男性。显然存在联结点，即使不存在认同。

否则，我们就无法享受这本贫穷的书中隐藏的财富。

为了展现这同一种奥秘，我研究了罗西尼的《坦克雷迪》（*Tancrède*）。我之所以对罗西尼的《坦克雷迪》感兴趣，乃至对各种“坦克雷迪”都感兴趣，是因为这是一种还未被展开的奥秘，它并非通过证据呈现出来，而是在哭泣中被人听见，它存在于一个角色身上，这个角色越女人也就越男人，越男人就越女人……这个奥秘在音乐中比在文字中更容易传递，因为音乐不像文字那样受制于语言，语言迫使我们用正确的语法造句，按规则分配体裁：人们会问责那些写虚构文本的人。必须要说，在诗歌这种音乐和语言的混合体中，生命中神秘而不可阻挡的东西才得以发生，发生在对语法的颠覆中，在语言内部取得的一种自由中，与体裁的法则一起，在舞蹈里，里面，在诗歌的舞动中，运动中的微小世界，在诗歌中——诗歌讲的完全是另一种法语，另一种语言，不同于散文，诗歌更倾向于演奏语言而不是说出语言，对各种冲动的歌唱式的表达——但我在这里所提的诗，特指在一种语言中创造另一种语言、创造梦语（langue-rêve）的诗——只有这首诗割断了缆绳，从兰波、策兰、曼德尔施塔姆、茨维塔耶娃的运动着的沉默中跳脱出来……并打破了网……

原始的最后晚餐

为了方便起见，我经常使用“力比多经济”一词。为了试着区分一些重要的功能，我说存在一些力比多经济，但它们并不以明确的方式显露在现实中。在现实场景里，这些特征会消失，会融合。我喜欢在这些经济特征最明显、最易辨认的时刻抓住它们，也就是我称为力比多教育的时刻。作为成长小说的材料和起源，“成长教育小说”（Bildungsroman）汇集了众多讲述个人发展的文本，讲述他的故事、他的灵魂的故事、他发现世界的故事、欢乐与禁忌、欢乐与法则的文本，它们沿袭了人类所有故事中的第一个故事，夏娃与苹果的故事。世界文学中有丰富的关于力比多教育的文本，因为每一位作家、每一位艺术家都有一天会被引导去研究自己的“艺术家生命”的起源，研究这个命中注定的奇怪现象。这是至高无上的文本，是人们转身回到他赌赢人生或输掉人生的地方时所写的文本。赌注很简单。与苹果有关：我们吃还是不吃？我们是否要接触果实的内部，果实的隐秘处？

这本书以一个原始的场景（S-cène①）开始。欲望与禁忌在此共进最后的晚餐，气息对立。“我会获得高潮吗？”主角问自己。“我会抵达高潮并让你高潮吗？”文本无声地问自己。用餐时间到！

苹果，是的，闪闪发光，叫人渴望。在森林的边缘笼罩着如此的纯真，只会吸引饥饿的罪人。

《圣杯传奇》（*Quête du Graal*）中迷人的帕西瓦尔是否会享受这顿美妙的大餐？在那些故事里，和童年时一样，上演的是所谓的“女性的”经济的命运。与帕西瓦尔有关的所谓“女性的”，是的，因为这种经济并非女性所独有。那么，为什么是“女性的”呢？因为那个古老的故事；因为，无论如何，自《圣经》和圣经故事出现以来，我们就被分配成夏娃的后裔和亚当的后裔。是圣书写下了这个故事。圣书里写，第一个必须面对“享乐”问题的人是一个女人，是女人；也许，正是一个“女

① 此处将表示“场景”的单词 scène 拆成 S-cène，cène 指耶稣最后的晚餐、圣体瞻礼，S 或许暗示圣经故事中引诱夏娃的蛇。

人”，在存续至今的文化体系中，经历了男人和女人后来都要经历的这场考验。每个初入生活的新人都要面对苹果。所以，我决定用“女性”和“男性”来形容与“享乐”的关系、与“花费”的关系，因为我们生于语言中，我无论怎么做都还是会发现自己跟在词语的后面。它们就在那里。我们可以交换它们，可以用同义词取代它们，它们会变得和“阳性（男性）”词、“阴性（女性）”词一样封闭、固定和石化，并且为我们制定法则。然后呢？我们能做的只有摇晃它们，摇晃这些词，就像摇晃苹果树，一刻不停。

“女性经济”“男性经济”，为什么要这样区分它们？为什么要保留一些需要小心的、令人生畏的、挑起战争的字眼？陷阱已经设好。我赋予自己诗人的权利，否则我不敢开口说话。诗人的权利就是写出一些不寻常的东西，然后说，愿意相信就相信吧，但要在哭泣中相信，或者像热内那样把诗删掉，并且说所有的真理都是虚假的，只有虚假的真理才是真的，诸如此类。

最后晚餐的场景（S-cène）

我们第一本书的第一个寓言故事强调了我们和律法的关系。两个伟大的木偶登场了：律法的话语（或上帝的话语）和苹果。这是苹果和上帝的话语之间的一场战斗。在这个小小的场景中，一切都摆在一个女人面前。历史从苹果开始：在一切的开端有一只苹果，这只苹果在被提到的时候就被说成是“切勿”之果（fruit-à-ne-pas）。有了苹果，就立刻有了律法。这是力比多教育的第一步：我们从体验秘密开始，因为律法是不可理解的。它从它的不可感知中散发光芒。上帝说：如果你品尝了知识树上的果子，你会死。这就来到我完全无法理解的部分了。对夏娃来说，“你会死”是毫无意义的，因为她身处天堂般的环境，那里没有死亡。她接收到最神秘的信息，即绝对的话语。我们会在亚伯拉罕的故事中再次遇到这个话语：亚伯拉罕从上帝那里接收到一个看上去难以理解的命令（要他献祭他最心爱的儿子），亚伯拉罕绝对地服从了这个命令，没有质疑。这就是秘密的体验，是苹果之谜，是被赋予了一切权力的苹果。我们被告知，知识可以在品尝到某个事物的滋味后从口中产生。知识和滋味相辅相成。那正是律法的奥秘所在：绝对的、口头的、无形的、否定的。一种象征性的力量。它的力量就在于它的无形、它的不存在、它的否定力、它的“切勿”。在律法的对面，是那只苹果，它是，是，是。在场与缺席之间的战斗，缺席是不被向往的、无法证实的、犹豫不决的，而存在不仅仅是存在：苹果是可见的，是承诺，是召唤——“把我放到你的嘴边”，它是饱满的，它有内部。在与具体现实的关系中，夏娃将发现的正是苹果的内部，这个内部是美好的。寓言告诉我们，“女性气质”是如何通过嘴巴，通过某种口腔快感，通过对内部的不惧怕而产生的。

我用自己的方式阅读：以令人讶异的方式，我们眼中最古老的梦境之书用加密模式告诉我们，夏娃不惧怕内心，既不惧怕自己的内心，也不惧怕他人的内心。对内部、对渗透力、对内部的接触都是积极的。显然，夏娃因此受到了惩罚，但这是另一回事，是上帝和社会的嫉妒。

上帝知道苹果应该藏起什么，因为品尝的行为招来死亡！

除非禁令与给亚伯拉罕的命令是对称的，“切勿这么做”和“你要杀死”一样显然是疯狂的。

除非苹果是上帝与我的战争的无足轻重的屏幕。

最终，我拿来苹果，我咬了它。因为“它比我更强”。

为了一次享受，值得一死。女人就是这么想的，欲望会压倒一切。那不是以撒的饥渴，而是用嘴唇去认知陌生而普通的水果的渴望。冒着失去生命的危险。“准备好付出这样的代价，唉，”他说，“这应受谴责的人。”“唉，”她说，“苹果的考验，它至关重要的真相。享受就是堕落？堕落是一件如此快乐的事……”

从那儿开始了一系列的“你不得进入”。一开始就有了一个采用这种形式的享乐场景，这可不是毫无意义的事。这是游戏，又不是游戏。

而我在《圣杯传奇》和帕西瓦尔那里重新找到了它。阅读那些无意识地不在乎律法的文本是件好事，即便律法总会重新捉住野生的无意识。首先，帕西瓦尔明显是一个女人的儿子。他没有父亲。一个留在野生状态里的男孩，他站在快乐和幸福这一边。赤裸着。然后，他将自我教育，直到成为骑士，披上盔甲，阳具化，拿起剑，经历一系列考验。在帕西瓦尔的“修行”中，决定性的场景之一正是夏娃和苹果的故事。帕西瓦尔，女人之子，来到了渔夫王的城堡，渔夫王是一位失去行走能力的国王，一位非常好客的被阉割的国王。帕西瓦尔被邀请出席一场丰盛的晚宴，他在晚宴上尽情享用了美味佳肴。在这期间，一队仆人捧着华丽的菜肴走到另一个房间。帕西瓦尔被这流转的阵仗迷住了，迫切地想知道正在发生什么。但他的导师曾对他说：“你很粗野，不懂礼数，但你应该知道，在生活中我们不提问。”多少次，一杆长矛从直立的罪恶面前经过。在长矛的尖端，血珠滴落。而就在这时，叙事插话了：“可是帕西瓦尔啊，你要问一些问题吗？你什么时候才能下定决心？你正犯下滔天大罪，你会受到惩罚。”叙事大喊道。不安的读者被夹在叙事和主人公之间。帕西瓦尔，导师忠实的学生，他没有问任何问题。晚宴结束了，城堡在眨眼间消失了，和童话故事里发生的一样，然后，帕西瓦尔遇到了一个女仆，她告诉他："现在，你的名字叫帕西瓦尔。"——在此之前，他还没有名字。这就是名字的惩罚了。被拽住名字的头发，被从幸福的匿名性中拉出来[①]，被指定，被告发，被分离而后传唤至法庭。帕西瓦尔犯下了不可饶恕的罪：叙事指出，他本该问一问那队仆人在用那种方式服侍谁，因为没有问，他受到了惩罚。他因所犯的罪行（什么罪行?）而受罚，直接后果是灾难性的。叙事告诉我们，帕西瓦尔本可以拯救渔夫王，本可以拯救世界，但一切都完了。在读这个文本的时候，读者会愤怒地自言自语：这不公平，我不明白为什么，帕西瓦尔也不明白为什么，他受罚是因为他没有做他不该做的事。你还不明白吗？叙事低声说道。我们置身于律法的世界，它没有名字，没有面孔，它有一种奇怪的"属性"，幻影的、否定的属性。文本似乎在告诉您，您将因遵守律法而受罚，您别无他法。

---

① 在圣经故事中，大力士参孙的神力就蕴藏在头发中，参孙把这个秘密泄露给他的情人大利拉，随后失了神力，被非利士人抓住。

荒谬的证明。“没有人可以无视律法（但事实上所有人都无视它）”这一残酷的秘密。致命的配对：律法与我。深渊等待盲人。

同时，作为诗歌，文本区分了纯真世界和享乐世界。在律法还在谋划的时候，帕西瓦尔极其快乐，他吃着无比美味的食物，尽情地享乐。然后，他突然坠落，不，他已坠落到另一个世界，一个不需要提供理由的绝对律法的世界。根据无法确定的定义，律法是这样的：纯粹地反对享乐。如果说帕西瓦尔这样坠落了，那是因为他是母亲的儿子，被抚养于森林中，仍然充满了女人的乳汁。直到他被如此暴力地实施了“割礼”，此后，他将谨慎对待自己的男性器官。

与享乐的关系，与律法的关系，以及个人对这种奇怪的对立关系的回应，它们决定了一个人是男人还是女人，这是不同的人生道路。决定这一身份的既非解剖学上的性别，也非本质，反而是我们从未走出的寓言，是个人和集体的历史，是文化范式，以及个人的做法——与这些范式、数据进行协商、适应它们并将它们再现，或者，绕过、克服、超越、跨越——这里有一千种公式，然后进入真正的“无惧无愧”的世界，或永不进入。传说中，女性似乎更有机会重新找到享乐的入口。因为，作为虚拟的或真实的母亲，女性总是拥有一种内在的体验，一种对成为他者的能力的体验，一种对由他者引发的非否定性改变的体验，对良好的接受力的体验。难道不是吗？

克拉丽丝·李斯佩克朵的力比多教育

在人生的重大经历中，我们如何与他者相处？在分离的经历中，在爱情、占有与被占有、融入与不融入的经历中；在以暗示进行哀悼——真正的哀悼——的经历中，在一切为经济、可变的结构所决定的经历中。我们如何失去？保管？记起？遗忘？拿取？接受？

克拉丽丝·李斯佩克朵的作品组织、呈现出享乐主体（sujet-jouissant）在面对“占有”行为时所有可能的立场。习惯的场景、自我滥用的场景。这被放在最精细、最微妙的细节中。文本不断地反抗“占有”运动，这个运动即便在看似最纯真的时候仍然具有致命的破坏性：怜悯难道不是破坏性的吗？思考不周的爱是毁灭性的；分寸不当的理解是毁灭性的。你认为你伸出手是在提供援助？你是在打人。克拉丽丝·李斯佩克朵的作品是一本浩瀚的尊重之书。正确距离之书。而这种正确的距离，正如她在很多叙事中所说，只有通过不断地“去除自我”（dé-moisation）、“去除自私”（dés-égoisation）才能实现。敌人是盲目、贪婪的自我。《星辰时刻》宣告：

> 这个故事的发展会使我变成另一个人，并最终物化为客体，这就是结果。是的，而我也许能够得上那甜美的长笛，我将像柔嫩的藤蔓一样蜷缩在它里面。

人们可能会认为这只是一个隐喻，然而，完成这种自我的变形，变得如此陌生乃至成为一株藤本植物，却是每个作家的梦想。这是一种提醒：我只是浩瀚的物质宇宙里众多元素中的一个，一个被想象萦绕的元素。

> 然而，我想要在我猜测真理的时候有几口钟叮当作响，使我振奋。想要一些天使像透明的马蜂一样在我发烫的脑袋周围飞舞，因为这颗脑袋想最终变成一个物体，那样更容易。

另外，我们也不断收到提醒，以陈词滥调的形式想起我们所知道的事：我们是尘埃。我们是原子。如果我们没有忘记自己是原子，我们就会以另一种方式生活和爱。更谦卑。更广阔。平等地、毫无计划地爱世界上的“你是”。

(……)

好吧，我把这个东西献给老舒曼和他甜美的克拉拉，他们如今已成枯骨，可怜的人。我把自己献给红色，十分鲜亮的红，如同我这个壮年之人的血，因此，我也把自己献给我的血。

(……)

——献给我身上以可怕的方式抵达意外之地的一切，献给我们所有预言现在的先知，他们也为我做出了预言，就在这一瞬间，我爆炸成为：我。

这篇献词中如闪电般即刻划过的一笔（除了“真理”，也就是括号里的克拉丽丝·李斯佩克朵之外），是“我把我献给”。我首先读到的是：“我把这个东西献给老舒曼”。这个东西，它一定是书吗？不。下一句献出了“我”：我把我献给我血液的红色。换句话说，“这个东西”是书，也是“我”。我们已经踏上了变形之路：“我尤其要把我献给居住在我生命中的地精、矮人、风神、水泽仙女。”让我们继续沿着身体这条关键而任性的道路前进吧。

> 这个我就是你们，因为我不能忍受仅仅做我自己，我需要他人来让我撑下去，我多么昏聩啊，歪歪斜斜的我，最终只能冥想，从而坠入这满满的空，人只能通过冥想来抵达这种空。冥想不需要结果。冥想可以以它自身为目的。我无言、无内容地冥想。弄乱我生活的是写作。
>
> 是的——别忘了原子的结构是看不见的。但我们知道它。我知道很多我没见过的东西，你们也一样。人无法证明更真实的东西是否存在，诀窍在于相信。在哭泣中相信。

想想看，我们花了我们生命中宝贵的几个月来试图提供“证据”；我们进入了批判性质询的陷阱，任由自己被拖进批判的法庭并被告知：给我们证据，向我们解释什么是“女性写作”或“性别差异”。我不得不回答：证据的长笛，我看见了。轻柔婉转的笛声……我不够宁静，除了写作的时候。在我写作的时候，我对自己说：这还不够，必须做点别的。“解释”。解释那些无法解释的。然而，最真实的东西确实就是这样：要么你懂得“不知”，这份关于“不知”的知识是他者与你分享的快乐的闪光，要么，什么也没有。人永远无法改变一个尚未被改变的人。人永远无法触碰一颗被种在另一个星球上的心。

如何拥有我们拥有之物

克拉丽丝·李斯佩克朵的文本讲述了闪电般的故事，如她所说，它们是一些“事实”，是瞬间，是生活的此时此刻，它们上演那些突然发生的戏剧。不是剧院里的悲剧，而是构成鲜活生活的戏剧。我们因此能够命名那些在此抽搐的事物，试图展现自己、成形、从思想中孵化的事物。这一系列文本都在探讨有关拥有的问题，如何拥有我们拥有之物。这是世界上最困难的事情之一。我们是可怜的人类啊，一旦拥有，就不再拥有。我们往往就像童话故事里的“渔夫的妻子”，不幸中了“拥有”的魔咒，“总想拥有更多”的魔咒：她从来没有拥有过她拥有的任何东西；她一旦拥有，就想接着拥有直到无穷，然后就是归零。拥有我们拥有之物，这是幸福的关键。我们拥有，我们拥有很多，而因为我们拥有，在我们刚刚拥有之时，我们就不再知道我们拥有什么。

要如何拥有我们拥有之物呢？有一个秘诀，那就是《隐秘的幸福》。它是一则童年故事，一本几页纸的预言小书。书中有两个小女孩。一个是小克拉丽丝，另一个是红头发的小女友，她的父亲开了一家书店，所以这个小女孩显然住在天堂里。她拥有父亲和书籍。然而世事难料，书商的红头发女儿是个小害人精。一个坏女巫。她告诉克拉丽丝，她要借给她一本超凡的大书。几周里，她让克拉丽丝跑来跑去，告诉克拉丽丝：来我家，我就把书给你。克拉丽丝怀揣着绝对的幸福穿过城市。在这个着了魔的女孩的脚步下，城市化作大海。整个世界都在欢腾。她到了，顽劣的红头发小姑娘打开门，每一次都说：我没有书，下周再来吧。克拉丽丝从希望的天空坠落，又重新恢复过来。崩溃，振作，一个状态接着另一个状态，一次又一次重生。克拉丽丝一如既往地回到那扇门前，直到有一天，那个顽劣小女孩的母亲出现在那里，发现了那台仇恨机器。母亲发现女儿的恶行后非常痛苦，然而，作为世界上所有小女孩的母亲，她立刻做出了弥补。就借出这本书吧！克拉丽丝还补充道，那位母亲说："你可以想借多久就借多久。"于是，母亲把这本读不完的令人向往的书送给了她。被诅咒的幸福！从克拉丽丝拥有无尽之书的那一刻起，穿越城市的奔跑，欲望，所有扭曲的、痛苦的幸福将会变成什么？既然她拥有了一切，这一切是否会永远离开她？不过这里有一个限制：别人没有把那本书给她，别人让她想借多久就借多久。这就是这个故事的寓意：只要你一直有力气去渴望它，它就是你的。就这样，克拉丽丝发明了各种奇妙的、魔法般的手段，白魔法，就地取材的办法，让这个“多久”变成无限期。她拥有了这本书，如何“拥有它”呢？必须发明一种不断到来的现在。她就这样开始享受她所拥有的，而不是她所渴望的。让拥有之物跳动，让它发挥作用，轻轻地摆动、振动，通过某种绝妙的直觉，不消耗它，不吞食它：从制作一片面包开始，来回穿梭于厨房和书本之间，穿梭于面包和她不吞食的文本面包之间，然后，坐在一张吊床上，膝盖上放着她的书，她只是摇晃，她没有读，没有读，暂时还没有，然后她又离开。这个小女孩，她找到一切最深刻、最精妙、最细腻的手段来使自己永远拥有她所拥有之物，避免失去所拥有的，把有变成富有，这个孩子已经从文本中猜测出一个女人，一个享受期待和承诺的情人，因拥有和享受而感到幸福，因世界上有可享受之物而幸福，这个世界就是承诺之书。这种幸福同时也是幸福的预兆，她将这种快乐称为“隐秘的幸福”。

是的，幸福只能是隐秘的，它将永远是隐秘的。幸福是它自己的秘密，必须知道，只有当你懂得不摧毁、不占有的“拥有”时，你才能拥有。

秘密：时刻铭记拥有的恩典。

在拥有中，保留还在期盼拥有时那份让人来不及喘息的轻盈。在不拥有之后拥有。始终在自身中保持那种险些失去的情绪。因为，拥有始终是一个奇迹。

并且，在拥有中不断重获接受的惊喜。到来的那一刹那。

所有关于知识的课程都从克拉丽丝·李斯佩克朵的文本中悄悄地滑到我们的膝盖上，但它们讲授的是生活的知识，而不是知识的知识。生活的知识中首要的一点就在于懂得*不知道*，这不是不懂，而是懂得如何不知道，如何不让自己被一种知识禁锢，如何比自己已知的懂得更多和更少，懂得不理解，绝不在此处落脚。关键不在于什么都不理解，而是不让自己受困于理解。每当她知道了什么事情，就意味着迈出了一步。接下来，必须向“不知道”奔去，在黑暗中行走，“手拿一只苹果[①]”，在黑暗中行走，把一只苹果当作蜡烛。用手指来看世界：这不正是优秀的写作吗？

找到苹果，在黑暗中摸索，这是发现的条件，这是爱的条件。正如克拉丽丝·李斯佩克朵在《外国军团》中所说：“因为我不知道要做什么，因为我什么都不记得，因为那是晚上，所以我伸出手，我救了一个孩子。”我的理解：我只有在两个条件下才能救一个孩子（一个条件只是另一个条件的条件），条件是我不先于这个孩子，我不比他或她知道得更多；条件是我没有臃肿、沉重、陈旧的记忆，不会压垮孩子那正在萌芽的稚嫩的记忆。只有从我的夜晚出发，我才能伸出我的手，温柔地救助。

《外国军团》？这是一个毫无怜悯的故事，发生在成年的克拉丽丝和一个住在她家里的名叫奥菲利亚的小女孩之间。这个小女孩经常强行闯进克拉丽

---

① 《黑暗中的苹果》是克拉丽丝·李斯佩克朵的一本书的名字。——原注

丝的家。她是个早熟的小女人，但她的早熟不是由于优秀，而是由于缺点，由于侵略，由于天真的暴力，由于绝对的控制，她霸道、专断，她对克拉丽丝指手画脚：你不应该（买那个），你不应该（做那个）——小女孩这样斥责女主人，直到有一次，在突然的馈赠面前，小女孩变回了小女孩。有一天，奥菲利亚听到厨房里传来叽叽喳喳的声音。是小鸡的叫声。第一次，有什么东西先于她；她措手不及。克拉丽丝在奥菲利亚的眼睛里看见了一出可怕的悲剧：这个第一次被欲望之箭射中的小家伙。奥菲利亚在欲望的痛苦中垂死挣扎，她不愿进入这个受伤的世界，这个爱的世界，不想受他人摆布。正是在她抗拒的身体上，她发现了欲望可以代表的东西，它代表向他人的敞开，代表被伤害、被改变的可能性。最后，她屈服了，她难以自制地看到了自己内心升起的欲望，但她不想让克拉丽丝看到。随后就是小女孩的一系列行为。如何在不崩溃的情况下承认伤口，承认欲望？此处发生了令人钦佩的一幕，因为它完全是沉默的，充满爱的花招。克拉丽丝的办法不着痕迹：如何做，才能把那只小鸡送给小女孩？小女孩见到了小鸡，如果不能拥有那只小鸡，她就会死掉。但她不能把它送给小女孩，这个因拒绝而僵直、心上缠着绷带的小女孩会发觉自己被置于这样一种处境：她得到了一份她无法忍受的馈赠，这份馈赠会产生债务。所有最简单、最基本、最惊人的机制：馈赠、债务、交换、恩典，它们各就各位。如果小女孩必须说谢谢，她将一无所有。因此，让她享有小鸡的唯一办法不是把小鸡给她，而是让她自己拿：克拉丽丝离场，这位象征中的母亲以这样的方式退出，孩子就能享有某种似乎由上帝给予的、并非由任何人给予的东西，而孩子与上帝之间不存在任何债务关系。克拉丽丝变得沉默。没有人在。小女孩终于去了厨房，克拉丽丝不在那里。文中提到一阵巨大的静默，小女孩回来了，克拉丽丝冲进厨房，发现小鸡死了。在厨房里，我们每日的哀悼完成了，我们往往都是债务的受害者。无可避免的场景：克拉丽丝会不多也不少地尽她所能，把小鸡交给小女孩。而小女孩的情况是，她只能在失去小鸡的时候占有小鸡，她失去的那一刻正是她拥有的那一刻。小鸡对她来说太多了。然而，她能够要很多，又只能要很少。可是克拉丽丝却让她尽可能多地拿走，于是她终于全部失去。

需求的祝福

正是在《G. H. 受难曲》中，爱的所有奥秘——如此微妙，又如此矛盾，有时候爱就是不爱，像两滴眼泪——被一页页地解释，以一种疯狂的耐心。

激情，对需求的赞歌。对生命的庆祝，如同庆祝那宿命般的对你的饥渴。

> 现在，我需要你的手，并不是为了让我不害怕，而是为了让你不害怕。我知道，相信这一切，在一开始，会成为你巨大的孤独。可是，你向我伸出手的那一刻会到来的，不再是出于孤独，而是像我现在这样，出于爱。像我一样，你不会害怕加入上帝那极其充满活力的甜蜜。孤独是仅仅拥有人类的命运。
>
> 孤独是没有需求。

听好了。这确实是对某一种经济的最美丽、最高贵、最谦虚的定义，我甚至会说这种经济是“女性的”：

> 没有需求会让一个男人[①]变得非常孤单、彻底孤独。啊，拥有需求不会使人孤立，事物需要事物。

男人？可对一个有思维能力的女人来说，用“男人”这个词也是一种微妙的谦卑。

> 啊，我的爱，不要害怕缺乏：它是我们最大的命运。爱比我曾经想象的还要致命得多，爱像缺乏本身一样与生俱来，而我们被一种必然性所保护，它会不断地更新。爱已经存在，一直存在。

她，女人，正在从这首对缺乏的赞歌中寻找一

---

① 原文使用“homme”这个单词，既可笼统地指代“人”，也可指代“男人”。

种好的缺乏经济：特别是，我们不要缺乏“缺乏”。缺乏也是一种富有，爱致命得多（……）爱是已然和永远。

> 奇迹也一样，人们需要它，人们拥有它，因为连续性中也有不连续的间隙，奇迹是两个音符之间的音符，是数字一和二之间的数字，它只关乎需要和拥有。

只要有需求，然后就会拥有。只要不害怕有需求，然后就会拥有。只需要别像小奥菲利亚那样害怕需要，别一下子跳入阉割场景。

“爱已经在了。”它在那里。它先于我们而存在，就像诗先于诗人。“它只缺乏被称作激情的那一份恩典。”这是重新认知经济学（l'économie de la reconnaissance）。只需要生活就够了，然后你就会拥有。另一种说法：饥饿即信仰。

而卡夫卡却在生命的最后一刻说道：“Man kann doch nicht-leben。”——“人不能不活着。”这是双重无能经济学。

在生命的尽头，在死亡的面前，卡夫卡和克拉丽丝·李斯佩克朵自问，如何实现我们人类的真理。

克拉丽丝站在“是”的一边：“只需要活着，活着本身就会成为一种巨大的善。”每个接受活着的人都是善的，每个感念活着的人都是善的，而且会行善：这就是克拉丽丝·李斯佩克朵所说的圣洁吗？这是一种有节制的圣洁。在“活着”的另一边，卡夫卡说：“Dass es uns an Glaubenfehle，kann man nicht sagen.”——“我们不能说我们缺乏信仰。”我们处在否定的言语中。一切都在其中：信仰、缺乏、需求、生命，但一切都被困在“不”当中。顺服于存在，而不为其狂热。

> 我们不能说我们缺乏信仰。“我们活着”这一简单的事实就具有信仰的价值。

他还说：“Hier vare ein Glaubensvert?”——“这是信仰的价值吗？”他毕竟是个分裂的存在，于是他回答：

> 然而人不能不活着。正是在这种“然而不

能”之中，存在着疯狂的信仰之力；在这种否定中，它才会成形。

“人不能不”：这与克拉丽丝是在同一处思考的，但与她的信仰恰恰相反。克拉丽丝认为，孤独就是没有需求，拥有需求就已经打破了孤独，这是关于谦卑的最重要的一课：口渴本身已是解渴之物，因为口渴就已经是把自己交付于体验，去喝，去打开门。

有需求，就已经在精神上向他人伸出了手，而伸手不是请求，伸手是向世界致意，让其发生。有需求是一种无声的信任。是一种力量。

仁慈的世界

克拉丽丝的这类文本是非常稀有的：这些文本不否认我们必须面对孤独，但同时也向我们伸出手，帮助我们进入仁慈的世界。我从字面上理解仁慈（mansuétude）这个词：这是一种伸出手（main）的习惯（habitude）。

如此盛大的仁慈在轻微的狂喜中唤起了那些原始场景中的一个，一个永不会终结的相遇场景。在这种微妙的顿悟中，存在着两种几乎明确对立的经济：安慰经济和接受经济。

> 我走到窗前，雨下得很大。出于习惯，我在雨中寻找着什么，以便在其他时候用它安慰自己。可我没有痛苦需要安慰。

过去，克拉丽丝·李斯佩克朵对我们说：我是“组织过”的，以从痛苦中安慰自己。组织、痛苦和安慰是一个经典防御结构的要素：以这种方式我们每天都感觉自己被存在困住，并且对它做出回应、抵御它。在一场说不出名字的挣扎中，我们用安慰来回应痛苦。痛苦不断地转换成快乐。然而，就在窗前，另一个宇宙开始了：在那里，没有挣扎，没有“对抗”，“我”体验到一种简单的快乐，不是被征服，而是被接纳。这种快乐就像恩典之手。什么都没有发生。它给予。它常常垂落。

> 几乎是这样：下雨了，我正在看雨。多么简单。我从没想过，我和这个世界会来到这种麦子般的状态上。雨落下，并不是因为它需要我，我看雨，并不是因为我需要它。但我们在一起，就像雨水和雨在一起。我并不在感谢什么。如果我不是一出生就不由自主地、被迫地走上这条我已经走上的路——我会一直是我此刻实际上的样子：在下雨的田野里的一个农妇。我甚至不会感谢上帝或大自然。雨也不会感谢什么。我不会因为被从一件东西变成了其他东西而产生感激之情。我是一个女人，我是一个人，我是一种关注，我是一具正从窗口向

外看的身体。同样地，雨不会因为自己不是石头而觉得感激。它就是雨。也许这就是人们所说的活着。只是如此：活着。仅仅是平静而喜悦地活着。

世界和我，这就是全部。“我走到窗前，雨下得很大。”这是两个对等物的相遇。于是我走到窗前：同样地，雨下得很大。这不是热内所说的对等物，对热内而言，就阉割的伤口而言，每个人都是相等的。雨和她——才是此刻的主体。这时，我走着，雨下着。我和雨，两个同样重要的主体，两个生命的媒介……

这种相遇有一个神奇的名字：“这种麦子般的状态上”（ce point de blé）。在雨和她同时出现的地方，会有麦子。然后是这个带着不可动摇的正确性的肯定句：“我不会因为被从一种东西变成了其他东西而产生感激之情。”没有感激，没有怜悯，没有认可，没有亏欠，而是存在，是状态，是坚持——不加评论。纯粹的“我在这里”。

（我）是一个女人，是一个人，是一种关

注，是一具正从窗口向外看的身体。同样地，雨不会因为自己不是石头而觉得感激。

它是雨。它不是它所不能是的另一种东西。雨下雨。肯定与否定分离。我不是那个我不是的人，我是，是，是。也许这就是人们所说的活着：存在的暗淡奇迹。小麦：在世界的窗口，存在的繁殖力。

显然，不是所有人都能站在克拉丽丝所站之处：超越痛苦，超越哀悼，不可思议地接受做一个仅仅遇见雨，或者也可能仅仅遇见土地的人。必须坚强并且十分谦逊才可以说："我是一个女人。"再继续说："我是一个人，是一种关注。"这并非是：我是一个女人，句号。而是"我是一具正从窗口向外看的身体"。谁能说"我是一具正从窗口向外看的身体"，谁就能说"（我）是一个女人"：去掉"我"，去掉人称代词，女人是纯粹的"是"，一种不会引向自我的存在之活动，女人是一个"是"女人的人，在世界上一边关怀一边前行的女人。

关怀。需求。女人不止于女人，不停下，她流淌，她写作，用层层叠叠的光的液体，用泪水，而她的风格就是《活水》（*l'Agua Viva*）。

作为你的我

这个奇怪地是我的你是谁?

在克拉丽丝·李斯佩克朵的许多文本中，极端的方法、最大的张力出现在人类主体和非人类主体之间。伴侣，另一个人，在一段漫长的追求结束时你将与之建立一种爱的关系的“那人”，就是《复仇与痛苦的和解》（*La Vengeance et la réconciliation pénible*）里的老鼠。在《米纳斯人》（*Mineirinho*）中，另一个人算得上是人类里的老鼠，这个罪犯，这个强盗，像畜生一样被揍，克拉丽丝要给他确定“一种麦子般的状态”真是难上加难。这个伴侣，又或许是《G. H. 受难曲》中的蟑螂。一个叫 G. H. 的女人，没有名字，只剩下区区两个首字母，她花了漫长的时间走向那只远古的蟑螂。“她”在一个房间待了十万年了（这里说的“她”是巴西大蟑螂；在巴西葡语里，蟑螂 barata 是阴性名词），而她又是谁？她将抵达这段精细旅程的终点——正如这只蟑螂已经分毫不差地由十万年前抵达。这段旅程一步也不能少，否则一切都完了，意义、相遇、启示都会失去，人不能跳过任何一步，因为一步紧接着一步，它们不仅是人类的脚步，也是蟑螂的脚步，目的地是女人。于是她手脚并用地向蟑螂前进。直至那个著名的恢宏的场景——在这个场景上，绝不能出错——“品尝蟑螂”。

在这本秘密著作的这种章节里，G. H. 认为自己终于到了成熟的地步，能够恰当地去爱，为他人留出空间，对蟑螂摆出至高无上的姿态。G. H. 无意中把蟑螂夹在了衣柜门缝里，蟑螂流出了它的汁液，它的物质——但蟑螂是不死之身，它们已经存在了几百万年——G. H. 把这种来自蟑螂的白色物质放进了自己的嘴里，然后就发生了一起暴力事件：她（G. H.）消失了，她恶心得呕吐起来，她晕倒了，吐出了自己。这个故事的精妙之处在于，她在穿过错误之门时立刻意识到自己错了，她错在没有为对方留出空间，并且在过度的爱中对自己说：我要克服我的厌恶，我要达到至高无上的共融的姿态。我要亲吻麻风病人。然而，当亲吻麻风病人变成一种隐喻，它就失去了它的真理性。

与蟑螂的物质性存在相融是一种浮夸的举动。过多的欲望和过多的知识玷污了这一行为，使 G. H. 跌入了英雄主义。吃蟑螂并非一种对圣洁的证明，而是一种想法。这就是错误。热忱但不明智的 G. H. 做出了将它融入自身的举动，这一举动当时是未经分析的。随即，她被一闪而过的真理所责罚，她把蟑螂放了回去，然后一步一步（pas à pas）、一爪一爪（patte à patte）、一页一页（page à page）地将它取回，直到抵达最终的启示。这个文本告诉我们，最难的事情就是抵达最接近之处，同时警惕投射的陷阱、认同的陷阱。在最接近处，他者必须保持最高的他异性。

根据每件事物所属的物种来尊重它们，不使用暴力，保持造物者那般的中立性，对每个存在都怀着平等的不外露的爱。(《创世记》中上帝的声音如何说话？他那平淡的、无所不能的音乐是怎样的?)

在《受难曲》中，克拉丽丝正在学习终极的激情，其对象——爱的伴侣——是足够陌生的，因此，相较于对象是个普通人类的情况，这部令人不安的作品中的禁欲主义对我们来说更加明显。爱邻人，就像爱你不认识的人。爱你不理解的人。爱我，爱你的小蟑螂，你是我的爱人，我的蟑螂。是的，克拉丽丝的终极计划是让另一个人类主体看上去等同于——而且这是正面的——蟑螂。各从其类。

就在此处，我发现自己又回到了《星辰时刻》，玛卡贝娅（这个近似女人的女人很晚才在文本中获得了名字，这个名字突然出现，并预示了情节）就处于蟑螂的位置。玛卡贝娅是一只说话的蟑螂，和蟑螂一样古老，一样原始。而且和蟑螂一样，她注定被……碾碎。

在音乐的帮助下，在音乐的陪伴和恩典下，陌生的“知识”形成了：

> 我尤其要献给今天的前夜，献给今天，献给德彪西透明的薄纱，献给马罗斯·诺布勒，献给普罗科菲耶夫，献给卡尔·奥尔夫，献给勋伯格，献给十二平均律，献给电子仪器刺耳的叫喊——献给我身上以可怕的方式抵达意外之地的一切，献给我们所有预言现在的先知（……）

诗人，音乐家，当下的预言者，被我们时常忽略的现时的预言者，不知如何活在我们自己的每时每刻中的我们。

> 他们也为我做出了预言，就在这一瞬间，
> 我爆炸成为：我。

那些帮助我们爆炸成“我”的人，或许就是通过某些方式——不是言语的方式，而是声音的方式——触及并唤醒我们身上“意外区域”的人。火的盗贼，音乐的盗贼。他们只居住在“作者献词”中，因为“作者”具有文明。

而在文本中，这些巨人、这些“预言现在的先知”是不存在的。德彪西、勋伯格或普罗科菲耶夫，他们每个人都触及了“作者”身体的不同部位，可对作为书中居民的小人物来说，他们并不存在。一旦我们通过另一扇门（灰尘之门）进入了可怜的文本，这些伟大的音乐领主就只剩下一种点缀文本的东西，不时地令我们痛苦：比如，一位街头小提琴手，文本中不时能听到他那些断断续续的锯木声；还有各种音高的尖叫声。“尖叫的权利”就

是文本中的一个标题。在第一页，最基础的音乐吱嘎作响：

> 贯穿这个故事的牙痛给我的整个口腔带来一种深深的冲动。于是，我扯着嗓子唱出带有切分音的刺耳的旋律——这是我自己的痛苦，我背负着世界，世界里缺少幸福。

我回到音乐上来。我起初被《耶路撒冷的解放》中的一些给我带来强烈震撼的人物所触动。“忠诚”和“不忠”这两个难以区分的类别令我印象深刻。忠诚者与不忠者不断地互换位置，就像在性别差异领域中的“男人”和“女人”一样。故事里有两对恋人：一对是经典的恋人雷诺和阿米德。在他们之间上演了普通的诱惑故事：致命的女人，被阉割的男人。另一对恋人是坦克雷迪和克洛琳达，他们站在相互倾慕、远离诱惑之处，这是我们从未充分讨论过的价值：一对彼此尊重的邻居。坦克雷迪和克洛琳达，从外表上看是两个骑士（但实际上是两个女人）。这是文学作品中的想象世界，在这里，我们遇到了“武装起来的女人”。亚马逊女战士是存在的吗？这是幻想，还是历史现实？我不知道。在最古老的史诗中，一些女人遇见一些男人，在行使权力和打仗的时候，他们彼此平等，而到了最后，这些都会在爱情里倾覆。我想知道以上这个故事“真正”的“作者”是谁。难道这个故事本身就是作者的作者，是荷马、克莱斯特、塔索等人的伟大的祖先？是那个试图变成女性[①]的阿喀琉斯吗？是那个想要把身为男人的义务和身为女人的需求调和在一起的彭忒西勒亚[②]吗？还是阿喀琉斯吧？克莱斯特，这个对女人热情洋溢的“男人”，（实际上）是谁？被克洛琳达困扰的塔索又是谁？克洛琳达，不忠军团中最优秀的战士，她是一个女人，而且是最忠诚的女人。在《耶路撒冷的解放》里，美好之处在于，战场上，坦克雷迪追逐克洛琳达，平等者追逐平等者，最强者追逐最强者，最美者追逐最美者。直到克洛琳达偶然地弄掉了头盔，

① 阿喀琉斯是古希腊神话中海洋女神忒提斯和凡人英雄珀琉斯的儿子，命运女神断言他会战死。为了避免卷入战争，忒提斯试图把他当成女孩来抚养。

② 彭忒西勒亚是古希腊神话中战神阿瑞斯的女儿，亚马逊人的女王，她在特洛伊战争中死于阿喀琉斯之手。在她的头盔被摘下的瞬间，阿喀琉斯被她的美貌打动了。

坦克雷迪在令人目眩神迷的场景中看到，那个通过歌声将他引来的人拥有一头长发。戏剧的火花随之点燃，一个承诺，一项禁止。坦克雷迪爱慕克洛琳达，但一切都使他们分离。因为他们是宿命的主体，宿命主宰着所有恢宏的史诗，所有那些讲述光辉女性之哀的辽阔的梦。为了在这个世界上实现她们的渴望，她们都必须对自己不忠。然而，正是因为忠于自己那隐秘的存在，她们每个人才会获得力量，并让那些猜出她们身份的人对她们心生爱意。克洛琳达为了获得战斗的权利，必须假扮成男人，以防男人们在一个与他们同样强大的女人面前感到耻辱。婚礼只会在意想不到的地方举行。

和《圣杯传奇》中的帕西瓦尔遇到的一样，律法前来告诉我们：注意，我们身处律法的世界，即使你们认为自己是不受拘束的。在这些史诗中，男性和女性这两种平等的力量之间闪烁着对幸福爱情的怀念之情，现实则像一场反向的革命似的降临了。如果我们任由人去享乐，我们会幻想吗？我们会害怕吗？不，我们可以肯定，厄运会发生在坦克雷迪和克洛琳达身上，因为他们平等地相爱，强大对强大，忠诚对忠诚。历史容不下人间天堂，必须有一个人死去。被打败的作者醒过来，他死了。在最后一场可怕且意外的战斗中，坦克雷迪杀死了克洛琳达，因为他没有认出头盔下的她。他们是在死亡中重逢的，因为至少在那里，历史不会追踪他们。

我追踪着坦克雷迪，我来到了罗西尼的《坦克雷迪》中。在这个故事里，音乐家用“欲望之耳”听到了最深处的现实。他听到的是那份爱里难以理解的真理。追踪再次开始，但这一次是女性式的。因为，未作任何解释，依据音乐家们那令我欣羡的美妙的权利，坦克雷迪，忠诚者中的翘楚，这个角色由一位女性演唱，剧院里无人质疑。人们聆听着，相信着，双眼噙泪。就这样，在音乐的世界里，某种十分温柔的力量在没有私心也没有预谋的情况被赋予了一个拥有女性灵魂、女性身体的主人公。罗西尼的《坦克雷迪》没有回头问自己：我是男人还是女人？毕竟克洛琳达只会被一个坦克雷迪所爱，这是千真万确的。这样的爱造就了女人。能为爱而死的（男）人是一个女人。死去，意味着爱你的邻人先于爱自己。在《耶路撒冷的解放》中，有一个男人和一个女人，他们都身穿盔甲。是的，盔甲让我不安，这是男人的假皮肤。可是，如果摆脱这些伪装？让我们穿过“尽头的门”。让我们聆听罗西尼的那个坦克雷迪，这些问题便不再出现。终究，这是两个女人。只不过其中一个也是男人，是实际上是女人的男人。有时我们在日常生活中体验到各种奥秘，然而在秘密的区域里，我们猜测，不说话，就像躺在梦境边缘的做梦者那样。

作者的梦会多么令人心碎啊！作者想极其贴近地爱一个女人，爱她身上的本质，享受她身上的女性特质，想读这本不说话、不保留、还未开始讲述故事的肉身之书。这件事，女作者比男作者更容易做到。

是的，但一个女作者也有可能过于亲近一个女人，以至于她无法认识她，也就是说，无法发现未知的她。于是，出于熟悉，她错过了她。怎么办？环绕世界，以陌生人的身份，从另一边打开一个入口。

以罗德里格·S. M. 的身份回来，这样就不认识玛卡贝娅，然后再重新认识玛卡贝娅。

如果说《星辰时刻》里存在着变形，那是在认出意想不到的他者的过程中。这一过程表现在“作者”（实际上是克拉丽丝·李斯佩克朵）吐露的心声里，那时，在他者虚拟的题词的高潮处，他（她）说：“当我想到我本可能生而为她的时候。”

作者提到还没有名字的玛卡贝娅：

> 但她也有乐趣。在冰冷的夜里，她，在被单下瑟瑟发抖，喜欢就着烛光阅读她从办公室的旧报纸上剪下来的广告。因为她收集广告。她把它们贴在剪报本里。

这些是我们不再享有的乐趣。我们是生活在龙虾[①]之后的人。而在龙虾之前，我们拥有世界上最大的乐趣。所有尚未到来和永不到来的奇迹。比如“小广告”的浩瀚世界，承诺的世界。通过收集这些广告，“她”重新创造出应许之地。她来到第一只苹果的美景面前。

> 有一则广告最为珍贵，是彩色的广告，它展示了一个打开的乳霜罐子，乳霜是给女人的

① 在法语中，龙虾象征着奢华、愉悦和盛会。

> 皮肤用的，这些女人显然不是她。她又犯了致命的毛病，不停地眨着眼睛，她快乐地想象起来：乳霜令人胃口大开，她要是有钱买就好了，才不会那么傻呢。皮肤没什么重要的，她会吃掉它，就这样，用勺子从罐子里挖出来吃。她缺乏脂肪，身体干巴巴的，像一袋只剩一半的面包屑。随着时间的推移，她成了以初级形态活着的物质。也许她这样做是为了抵御一劳永逸的不幸和自怨自艾的巨大诱惑。（当我想到我本可能生而为她的时候——为什么不呢？——我颤抖了。“我不是她”这一事实，在我看来，是一种懦弱的逃避；正如我在其中一个标题中所说，我感到内疚。）

“最珍贵”的广告质询女性特质里的贫穷，也质询女性特质里有可能的富有。在这个段落中，我们、人物、读者、作者都在“我不是她”和“我本可能是她”之间游走，走在我们思考他者时所能走的最坚定的思考之路上。在多数情况下，当我们想到他者、陌生人，而不投入自恋式的爱时，这会是一种非认同的、否定的、排他的模式。在这里，在玛卡贝娅委托他人代写的自传中，我也是我不是的那些人，第一人称也是第三人称，而第三人称是第一人称。

叙事的主题是认出他者的差异，但对主体来说，叙事的主题也是不断地提示成为他者的可能性。显然，“这些女人不是她”，而如果她拥有这个罐子，这个美妙的东西，她会用活在龙虾之后的女人们无法想到的方式去使用它。她会吃掉它。她还没有名字，但她不缺乏想象力，她就正好处于乳霜的位置上，在乳霜的开端，在食物的最本质处。在罐子面前。她是由“面包屑”组成的。她的卵巢：一些“干巴巴的小蘑菇”。她看上去就是这样，毫无夸张。“不幸和自怨自艾的诱惑”会把鲜活的喜悦从她身上夺走。

为我们讲述玛卡贝娅那些想象出来的乐事的这个女人不得不化身为罗德里格·S. M.，来自另一性别的旅行者，而她是把乳霜抹在皮肤上的那些女人中的一个。因为，为了更好地猜测玛卡贝娅，克拉丽丝·李斯佩克朵还必须远离她自身，必须成为她们中的一员——也就是（玛卡贝娅所不是的）有钱人——既不同情自己，也不怜悯他人。在阅读这个故事的时候，我差点忘记了她，我已经忘记了她。再后来，我又想起来了。有一秒，在玛卡贝娅的眼睛里，我看到克拉丽丝·李斯佩克朵浓妆艳抹地从理发店出来，烫头发花掉了她一个月的香肠三明治钱。或者，我看见的是我自己？那么，这是个政治文本了？偷偷摸摸地。假如里面真有一种关于精神性的政治。在克拉丽丝·李斯佩克朵那雷打不动的现实主义且精神性的世界里，贫穷和富有首先是灵魂的状态，是激情的矛盾形象。

快乐契约：只要活着就足够，这就是奇迹。谁能“真正地”说出，谁能真正地活出这种禁欲的快乐？玛卡贝娅。（不，我不想听见这个名字里的回响。）

于是，我们的玛卡贝娅在她无尽的贫穷里保存了《G. H. 受难曲》中的“只要活着”。她所拥有的就只是活。不是喝，不是吃，她几乎不拥有这些。这份贫穷是她的财富。我们没有这份贫穷，我们在龙虾之前的天堂里已经失去了它。（“当我想到我本可能生而为她的时候”，）男性作者叹息着，蜷缩在他的括号里，像一个拉风箱的人，我是你们，我因此有可能是她，但我幸运又不幸地并非是她。“献词”的括号里说：“作者（实际上是克拉丽丝·李斯佩克朵）献词”。这里是这个括号的反面：（“当我想到我本可能生而为她的时候——为什么不呢？——我颤抖了”）。它处在由括号中的“实际上是克拉丽丝·李斯佩克朵”开启的故事发展的顶点。所有的机会都在括号里。那是机会中的机会，出生的机会，那一刻，物质急速进入一种形态，生出一个玛卡贝娅，或一个作者，或克拉丽丝，或你。那个机会就在括号里。“为什么不呢?”：这是克拉丽丝的伦理问题。我生而为克拉丽丝，实属偶然。一系列偶然：她出生在乌克兰，她用巴西葡语写作。但她同样可能是一个侏儒，为什么不呢？我们总是把自己认同为我们拥有的机会，我们遇到的偶然事件，我们，龙虾之后的高级存在。

但这种认同是自恋的、贫乏的。我们远不止是我们的名字授权我们、迫使我们相信“我们所是”的那个人。

我们是可能的。所有人都是可能的。我们要做的只是不要封闭那些括号，我们的“为什么不”就活在里面。我是一个早在我之前、与最初的分子一同开始存在的人，也是一个在我之后、和我周围的一切一同继续存在的人。不过，我碰巧是一个女人，我属于人类种族。啊是的，我是人类，而且是个女人。

与此同时，如果说我这个作者，“罗德里格·S. M.”，我生而为玛卡贝娅，这就是对恐惧的承认。“‘我不是她’这一事实，在我看来，是一种懦弱的逃避；正如我在其中一个标题中所说，我感到内疚。”然而，这个文本将会是一种强烈的尝试，至少是认识玛卡贝娅的生活的尝试。

至少认识这种生活的一个小时。

至少认识这种生活的一次呼吸。

因为在最后一刻，所有人都同样贫穷、同样富有、同样臣服于星辰。

一本艰难的书，以无情的勇气写成，不是为了我，也不是为了你，而是为了一个垂死的女人。她活得如此贫穷，却又每分每秒都无比富有。

当克拉丽丝经过玛卡贝娅，在连续的变形之后重回物质形态，重新显现为一个男性作者……就是在这个时刻，她即将真正地停止做一个名叫克拉丽丝·李斯佩克朵的人。变形的时刻是如此简短——《星辰时刻》——我们可以在一个小时里读完它/

她，这个关于克拉丽丝·李斯佩克朵的人生的故事，最后的故事。这也许其实是她生命的最后时刻，因为这是最后的故事，因为“作者（实际上是克拉丽丝·李斯佩克朵）”将成功地出生为玛卡贝娅。以玛卡贝娅之名，克拉丽丝·李斯佩克朵将成为谁也不是的人，她鲜活的元素就在那里，无形的元素，在我们呼吸的空气里。

《星辰时刻》的作者是一位具有极致敏锐的女性。

《星辰时刻》的作者为这个文本而生，与这个文本同死。作者是其作品的作品。作者是孩子，是父亲，以及（实际上是）母亲。

他是带着使命来到这个世界的，使命就是尽可能地去爱这个几乎是女人的女人，玛卡贝娅。爱她的整体和局部，她，这个什么也不是的他者，没有人知道如何爱她。

使命也是去爱她稀疏的头发和她尚且是女人的性别。这就是克拉丽丝·李斯佩克朵交给作者的精细的任务，而这个作者是她特意为玛卡贝娅创造的，因为或许一个这样的女人（实际上是克拉丽丝·李斯佩克朵）不敢凝视一个女人的性别？

又或许，腼腆的玛卡贝娅更容易被一位女士的目光吓坏，而不是被一位先生——他可能是一位医生。所以，出于爱，克拉丽丝隐身了，委派罗德里格·S. M. 来到玛卡贝娅身边。出于女人的爱！……

难道人物没有权利拥有一位最合适的作者来理解它们，并使它们鲜活吗？

显然，这句评论只适用于那些关于爱，关于尊重的书籍。

尊重必须在书之前开始。

多么遥远啊，一颗星星和我的距离，噢，多么不可思议的亲近，从一个物种到另一个物种，从一个成年人到一个孩子，从一个作者到一个人物，多么难以捉摸的距离，从一颗心到另一颗心，多么隐秘的亲近。

一切都相距遥远，一切都只停留在疏离中，一切都没有我们以为的那么远，最终，一切都相互触碰、触碰我们。

当玛卡贝娅像一粒灰尘那样进入克拉丽丝的眼

中，当她让她流泪，流出相信的泪水，我被克拉丽丝的声音触碰。

她的句子沉重且缓慢，句子的脚步踩在我的心上，她在多思的短句中行走，沉思着。

有时必须走得很远。

有时合适的距离是极致的疏远。

有时她要在极致的亲近中呼吸。